$-x^2$

Corazón dormido

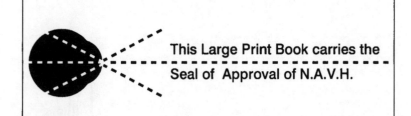

This Large Print Book carries the
Seal of Approval of N.A.V.H.

Corazón dormido

Renee Roszel

Thorndike Press • Waterville, Maine

Published in 2003 by arrangement with Harlequin Books S.A.
Publicado en 2003 en cooperación con Harlequin Books S.A.

Thorndike Press® Large Print Spanish.
Thorndike Press® La Impresión grande española.

The tree indicium is a trademark of Thorndike Press.
El símbolo del árbol es una marca registrada de Thorndike Press.

The text of this Large Print edition is unabridged.
El texto de ésta edición de La Impresión Grande está inabreviado.

Other aspects of the book may vary from the original edition.
Otros aspectros de éste libro podrían variar de la edición original.

Set in 16 pt. Plantin.
Impreso en 16 pt. Plantin.

Printed in the United States on permanent paper.
Impreso en los Estados Unidos en papel permanente.

Library of Congress Cataloging-in-Publication Data

Roszel, Renee.
   [Honeymoon hitch. Spanish]
   Corazón dormido / Renee Roszel.
      p. cm.
   ISBN 0-7862-5374-6 (lg. print : hc : alk. paper)
   1. Large type books.   I. Title.
PS3568.O8497H6618 2003
813′.54—dc21   2003047882

Corazón
dormido

CAPÍTULO 1

El señor Merit la espera, señorita.

El mayordomo apoyó la mano en el pulido y trabajado pomo de plata y se inclinó levemente.

Susan tragó saliva e intentó hablar, pero lo único que al final consiguió fue asentir. «Contrólate, Susan», se advirtió en silencio. «¿Desde cuándo tener que enfrentarte a un hombre te pone nerviosa como a un conejo? Las fantasías de niña tienen que llegar a su fin. Hoy es solo el día en que Jake Merit se cae de su pedestal».

Habían pasado trece años desde la última vez que lo vio. Ella no era entonces más que una impresionable adolescente de quince años, atontada por su primer amor. Ningún hombre de carne y hueso podía medirse con la imagen que se había formado de Jake Merit. Si el tabernáculo que su fantasía había creado para alabar la perfección de Jake hubiese estado hecho de ladrillos y cemento, habría rivalizado con la Gran Muralla china y sería también visible desde la luna.

Oyó un tímido chasquido y se dio cuenta

de que el mayordomo estaba abriendo una de aquellas enormes puertas de roble. Sin hacer el más mínimo ruido, entró en la habitación delante de ella y anunció:

—Señor Merit, la señorita O'Conner.

Susan parpadeó, y fue el tiempo que empleó en ese gesto todo lo que el mayordomo necesitó para desaparecer, dejándola plantada en el vestíbulo como si fuese un geranio en una maceta. La oficina debía de ser enorme. Desde el lugar en el que estaba, no podía ver ni a Jake ni su mesa; solo un enorme ventanal a lo lejos, y mucho más lejos, el océano Atlántico, ondulándose pacíficamente, ajeno a su desazón.

—¿Señorita O'Conner? —la llamó una voz profunda—. ¿Está usted ahí?

Susan dio un respingo.

—Sí, señor Merit.

«¡Haz el favor de controlarte, y no te molestes si no te reconoce! Has venido aquí por trabajo, y ya no eres la cría que entretenía al chico que iba a salir con tu hermana mientras la esperaba en el salón. Además, todas esas ocasiones juntas no llegarían ni a una hora de su tiempo. ¿Por qué iba a recordarte?»

Inspiró profundamente y entró en la habitación. Al fin y al cabo, Jake Merit no era más que un hombre.

–¡Oh!

Se mordió la lengua con fuerzas. ¿De verdad había dicho «¡oh!»? Debía de ser que sí, porque Jake había levantado la mirada de lo que estuviera escribiendo con el ceño fruncido.

–¿Ocurre algo, señorita O'Conner? –le preguntó, dejando a un lado el bolígrafo de oro.

Ella negó con la cabeza, reprendiéndose por la exclamación. De acuerdo. Los años no habían disminuido su atractivo. Desde luego aquel hombre se merecía un tabernáculo. Aun habiendo transcurrido todos aquellos años, sus ojos seguían teniendo la misma capacidad hipnótica que entonces, y seguían poseyendo una especie de fuego verde, como el de las mejores esmeraldas.

Susan se irguió

–Sí... bueno, no –se corrigió inmediatamente–. Es que yo... acabo de recordar que he olvidado mi... mi secador del pelo.

¡Menuda excusa!

–Supongo que podremos encontrarle un sustituto –contestó él, sonriendo de medio lado. Luego se levantó. Seguía siendo tan alto como en sus sueños, y su sonrisa era igual de deslumbrante aunque, con trece años más de experiencia vital bajo el cinturón, a Susan no le complacía el tinte sensual que había adquirido para ella.

Salió de detrás del escritorio con una gracia natural en los movimientos de la que ella no podía apartar la mirada. Desde luego, era un magnífico representante masculino de la especie humana, vestido con aquellos vaqueros claros y un polo blanco. Lo de los vaqueros la sorprendió, y todavía más el hecho de que desprendiera tanta elegancia vestido de un modo tan desenfadado. Había visto montones de hombres vestidos de traje que no tenían un aspecto ni la mitad de distinguido.

Vagamente percibió que Jake estaba caminando hacia ella.

¡Hacia ella!

Hasta el último de sus músculos se estremeció, y Jake se detuvo frente a Susan.

–Así que es usted esa señorita O'Conner tan competente de la que Ed ha estado presumiendo durante un año –dijo, mirándola fijamente a los ojos. Un temblorcillo le empezó en la nuca para continuar después hasta sus extremidades–. Ed me ha dicho que su presentación en la S.P.M. sobre hematites dejó boquiabierto a todo Providence. Tengo entendido que ha conseguido el premio anual por la mejor publicación.

A Susan la sorprendió enormemente enterarse de que Jake sabía que había ganado el concurso de la Sociedad de Paleontólogos y Mineralogistas. El premio la había entusiasmado, por supuesto, y sobre todo la había sorprendido, teniendo en cuenta la competencia. Su jefe, un hombre parco y poco expresivo, no le había hecho ningún elogio, así que no esperaba que hubiese pasado la información.

–Vaya... gracias.

Qué tonta. ¿Es que no era capaz de decir algo inteligente u ocurrente?

–Me alegro de conocerla –dijo, tendiéndole una mano.

Susan consiguió soltarse las manos y estrechar la de él, e intentó no pensar en el hecho de que no tuviera ni idea de que ya se conocían.

–Yo también me alegro de conocerlo, señor Merit. Tiene usted unos ojos preciosos.

Su expresión cambió un poco.

–Gracias –contestó, sorprendido–. Me parezco a mi madre.

Su respuesta la confundió. ¿Qué le estaba pasando? ¿Cómo podía perder el hilo de una conversación tan simple?

–¿Perdón?

–Que mi madre también tenía los ojos verdes.

Tardó un instante, un instante horrorizado, en darse cuenta de que no había dicho lo que quería decir

–Yo... lo que yo quería decir... es que tiene una isla preciosa –balbució. Ojalá se lo creyera–. No es que sus ojos no sean... es decir que.... sus ojos también son bonitos.

Soltó rápidamente su mano, porque de algún modo, estar dándole la mano mientras cantaba sus alabanzas era una humillación que no podía soportar. ¿Qué demonios le estaba pasando? ¿Dónde estaba su habitual aplomo?

–Siento el malentendido –dijo él.

Estaba claro que no se había creído su explicación, a juzgar sobre todo por el brillo de sus ojos, pero le agradecía la salida que le proporcionaba con su respuesta, ya que no tenía intención de explicarle la naturaleza de aquel desliz.

–Esperaba que tuviese una valla de cuatro metros alrededor de la isla, con kilómetros de alambre de espino y unas cuantas torretas de vigilancia. Es sorprendente la poca seguridad que tienen.

Su sonrisa seguía derritiéndola por dentro.

–La mejor seguridad es la invisible, señorita O'Conner. Ha venido usted en un barco Merit, y el acceso tan fácil que ha tenido esa embarcación no quiere decir que sea así para todo el mundo.

–Bueno, sea cual sea el sistema, le doy mi

enhorabuena. Ha conseguido mantener la belleza del lugar y, al parecer, también la seguridad.

–Me alegro de que lo apruebe.

Aquellos ojos tan fuera de lo común volvieron a brillar. Susan sabía que su aprobación no tenía ninguna importancia para él, pero decidió no darse por ofendida con su sarcasmo. Iba a pasar un mes en Merit Island, a cargo de la perforación anual. El mineralogista que llevaba quince años ocupándose de ese trabajo era Ed Sharp, su jefe, y como se había indispuesto, era responsabilidad de Susan ocupar su puesto. Aquel trabajo era fantástico, así que sentirse ofendida estaba fuera de toda posibilidad.

Además, había una diferencia entre el sarcasmo puro e hiriente y la broma. Recordaba a Jake como un hombre muy agradable, y no tenía intención de clasificarlo como un snob o un cretino.

Jake tomó su brazo, sobresaltándola de tal modo que hasta él se asustó.

–¿Le he hecho daño? –preguntó, aunque la había rozado del modo más cortés.

–No, no... es que no esperaba que me tocase.

¡Por Dios! ¿Cómo podía parecer tan puritana?

Él la miró y arqueó una sola ceja. Tenía

la impresión de que se estaba formando una opinión sobre ella. Probablemente de miedosa o tímida o, peor aún, temerosa de los hombres. Ninguno de aquellos calificativos hacían honor a la verdad. Nunca se sobresaltaba de aquel modo cuando un hombre la tocaba, y tampoco era inocente como una margarita. ¿Por qué demonios Jake Merit parecía capaz de provocar cortocircuitos en su cerebro y transformarla en una idiota?

–La acompañaré a su habitación, señorita O'Conner. Estoy seguro de que, después de un viaje tan largo, le apetecerá refrescarse –dijo él–. Cuénteme: ¿cómo es que Ed ha vuelto a hacerse daño? No ha sido muy claro en su mensaje

Susan intentó ocultar una sonrisa. Su jefe estaba sufriendo y no tenía ninguna gracia.

–El fin de semana pasado celebró el treinta aniversario de su graduación con los compañeros del instituto –dijo, tan seria como pudo–. Estaba en la pista de baile haciendo el cocodrilo, o el albatros, o algo así, y se hizo una lesión en una vértebra.

Jake se echó a reír con la misma risa que a ella le ponía la carne de gallina cuando él era estudiante de último curso de Harvard. Y volvió a experimentar la misma sensación, con tanta intensidad que le pareció estar de nuevo en el salón de casa de sus padres, esperando junto a Jake a que Yvette terminase de acicalarse. Ella le contaba chistes para hacerle pasar el rato, por cierto, unos chistes malísimos, y él se lo agradecía con aquella risa. Su música aún seguía colándose en sus sueños de vez en cuando.

Mientras caminaba, Susan apenas se dio cuenta de adónde se dirigían, si giraban a la derecha o a la izquierda, si subían o bajaban. Lo único que registró vagamente fue que en la mansión todo irradiaba belleza y calidez. La madera estaba perfectamente lustrada dondequiera que mirase, y el cristal brillaba sin una sola mota de polvo. Además, el lugar tenía un olor especial, entre a pan recién horneado y a madera de cedro. Inspiró profundamente e intentó volver a ser la mujer profesional y madura que había sido antes de volver a ver cara a cara a Jake.

Él se detuvo delante de una puerta y ella hizo lo mismo, lo que por fin la sacó de sus ensoñaciones. Tras mirar brevemente a su alrededor, se volvió hacia él, sorprendida.

–¿Seguimos en la mansión?

–Por supuesto. ¿Dónde creía que se iba a hospedar?

–Pues... donde lo haga Ed normalmente.

Jake señaló la puerta.

–Es aquí.

–Pero... ¿no tienen algún lugar fuera de la casa para los asesores?

–Tenemos casas para los mineros, pero no creo que se sintiera demasiado cómoda en las barracas –sonrió–. Como experta en minas, creo que se merece algunos privilegios, ¿no le parece?

Seguramente tenía razón. De hecho, si a su lado tuviese a cualquier otra persona que no fuese él, estaría encantada de poder quedarse en la mansión.

–Puede que no sea capaz de volver a encontrar el camino a su despacho –insinuó. ¡Aquel lugar era tan grande! Qué estúpida había sido por no haber prestado más atención.

Jake señaló una puerta al otro lado del vestíbulo.

–Esa es mi habitación. Si estoy yo, la acompañaré hasta que se sitúe. Si no, utilice el teléfono. Alguien vendrá a acompañarla.

¿Su habitación? ¿La habitación de Jake Merit estaba justo enfrente de la suya?

–¿Su... habitación? –repitió, confiando en haber oído mal.

–Sí –contestó él, y señaló con la cabeza hacia otra puerta–. Junto a mi habitación hay una sala. Ed y yo manteníamos las reuniones de última hora allí –se metió la mano en el bolsillo–. Créame si le digo que pienso amortizar bien el dinero que voy a pagarle.

Susan miró la puerta de su dormitorio, conteniendo un descabellado deseo de gritar. ¿Reuniones de última hora? ¿Amortizar lo que iba a pagar? «¡Maldito seas, Ed!», se quejó en silencio. «¿Por qué no me advertiste de que iba a pasar día y noche con este hombre?»

–Señorita O'Conner... ¿se encuentra usted bien? Se ha quedado pálida.

Ella lo miró y se obligó a dejar de apretar los dientes.

–Estoy bien. Y a su disposición.

–Si no estoy en mi habitación y no sabe bien adónde debe ir, llame por teléfono. Como ya le he dicho antes, alguien vendrá a buscarla.

Con un enorme esfuerzo, pretendió sentirse tan relajada como él.

–¿Tiene empleados que vendrán a buscarme?

–Por supuesto.

–Nunca había estado antes en una casa con servicio de taxi –bromeó–. ¿No sería más barato facilitar mapas?

Él se echó a reír y consultó el reloj. Susan presintió que tenía que volver al despacho.

–Se hará con la casa en un santiamén –dijo, y entreabrió la puerta de la habitación–. ¿Por qué no descansa un poco? Vendré a buscarla a la siete y podremos cenar juntos. El trabajo empezará mañana.

Ella asintió.

–Estaré preparada, señor Merit.

–Llámame Jake –dijo, y tras una breve pausa, añadió–: ¿Puedo tutearte?

–Oh... –¡pero qué estúpida estaba siendo!–. Claro. Por favor, llámame Susan –sonrió, a pesar de la pequeña decepción que había supuesto el que no la reconociera ni siquiera al darle el nombre–. Nos veremos a las siete... Jake.

Y dando la vuelta, tocó la puerta de la habitación, se abrió de par en par.

El dormitorio que apareció ante sus ojos era espectacular. Estaba amueblado con antigüedades. Sobre la cama, un edredón de seda azul con bordados en color esmeralda, a juego con el cabecero. Y, por añadidura, la habitación resultaba acogedora, bañada como estaba por la luz del sol y llena de flores por todas partes.

–¿Qué es esto? –murmuró para sí–. ¿La suite presidencial?

–Me temo no poder aceptar ni los elogios ni las críticas. Mi madre fue quien decoró la casa.

Sorprendida de que estuviese aún allí, se dio la vuelta.

–¿Cómo?

–Mi madre... ya sabe, la de los ojos.

Al parecer, había tomado su sorpresa por confusión, y se apresuró a aclarar su comentario.

–No era una crítica, sino todo lo contrario. Es una habitación magnífica. Por lo que he visto de la casa, está toda decorada con un gusto exquisito. Lo que pasa es que no me había imaginado que iba a hospedarme en un lugar así. El señor Sharp no me habló de ello, así que es posible que no haya traído la ropa adecuada. No tengo nada de vestir –añadió, y tuvo que obligarse a dejar de parlotear–. No pretendía insultar a tu madre. ¿Tendré la oportunidad de conocerla mientras esté aquí?

«¡Cierra el pico de una vez!»

–Falleció hace unos cuantos años. Y no te preocupes por la ropa. A mí me parece que estás bien.

Un cosquilleo le recorrió la espalda. Demonios... algunos hombres la habían pedido en matrimonio y ella no se había sentido ni la mitad de afectada que en aquel momento.

Cuando él sonrió, su corazón dejó de latir.

–Entonces, nos vemos a las siete, Susan.

Era maravilloso oírle pronunciar su nombre. Susan era un nombre corriente, pero en sus labios sonaba especial.

Consiguió al final musitar una respuesta, pero él ya se había marchado, y al verlo alejarse tuvo la sensación de que él se la habría quitado de la cabeza con tanta rapidez como de su presencia, e intentó no sentirse desilusionada por ello. Ya había hecho una gran concesión al tomarse la molestia de acompañarla hasta su habitación.

Entró, cerró la puerta y suspiró. Luego, casi inconscientemente, se acarició el sitio en el que él le había rozado el brazo.

¿Puedo pedirte un favor, Jake, antes de que me recojas dentro de... dos horas? –murmuró, tras mirar el reloj–. No estaría mal que te saliera una panza tipo ejecutivo y que perdieses unos cuantos dientes.

Susan no hizo ningún esfuerzo por arreglarse especialmente para la cena. Bueno, puede que solo un poco. Al fin y al cabo, había sido contratada como consultora por Merit Emeralds, y no podía parecer una mendiga a la que hubiesen invitado a un plato de comida caliente.

Miró brevemente el reloj. Eran las siete y siete minutos, un minuto más que la última vez que lo había mirado. Se sentó en el borde de la cama, desde la que se podía ver en el espejo.

—Esto no es una cita —se advirtió con severidad—, y Jake Merit es un hombre de negocios. Si ha dicho que vendría a buscarte para ir a cenar, lo hará. Es cuestión de trabajo. No va a estar dando vueltas por su habitación intentando encontrar una excusa para no venir. ¡No es una cita! ¡Haz el favor de quitarte esa palabra de la cabeza!

Volvió a mirarse ladeando la cabeza y con el ceño fruncido. Quizás aquel vestido y aquella chaqueta de punto azul no fuesen la mejor elección, aunque coincidieran en color con el de sus ojos. La habitación estaba decorada en aquel mismo tono de azul y, sentada allí, rodeada de azul, casi desaparecía; de no ser por su pelo castaño y las pecas, sería invisible.

Se colocó un mechón de pelo tras la oreja, preguntándose si quizás debería habérselo dejado suelto. Con el pelo apartado de la cara y sujeto atrás, parecía como una cebolla recién pelada, a excepción de los mechones que eran demasiado cortos y que se le quedaban alrededor de la cara como hierbas.

Hizo una mueca. Puede que debiera soltárselo. Quizás...

Una llamada a la puerta la hizo saltar. ¡Ya estaba allí!

21

–¿Sí?

–Soy yo.

Se miró una vez más en el espejo y tuvo tiempo de reprenderse por ello antes de contestar.

–Un segundo.

Corrió a la puerta y la abrió.

–Hola.

Afortunadamente no tenía discurso alguno preparado porque, fuera el que fuese, se le habría quedado atragantado. Jake llevaba una camisa de algodón beis y unos pantalones de lona del mismo color, y el resultado era para chuparse los dedos. Tragó saliva y esperó que él llenase aquel extraño silencio.

–Siento llegar tarde –dijo, haciéndose a un lado para que pudiera salir–. He recibido unas cuantas llamadas de última hora que me han entretenido.

–No tienes por qué disculparte –dijo, cerrando la puerta–. Estoy segura de que, en caso se necesidad, habría sabido encontrar el camino al comedor.

–Y siempre puedes utilizar el teléfono para pedir ayuda –con un gesto de la cabeza, señaló hacia la escalera.

–Eso, jamás –declamó teatralmente–. Corre sangre de pioneros por mis venas. Una vez, mi abuela consiguió salir del museo Smithsoniano sin tener que preguntar a nadie.

—Así que fue tu abuela... —comentó fingiendo asombro.

Susan lo miró. ¿Por qué tenía que hacer que se sintiera tan... atolondrada y feliz al mismo tiempo?

—Veo que has oído hablar de ella —contestó, siguiendo el juego.

—Por supuesto: Cristóbal Colón, Ponce de León y la abuela O'Conner. Los tres magníficos.

Ella se echó a reír.

—Y no necesariamente en ese orden.

Al llegar a la escalera Jake se detuvo y la miró, y su sonrisa fue como un tornado.

—De pronto, me siento totalmente innecesario.

Aunque Susan se esforzó por no contestar, en su opinión Jake Merit nunca podría ser innecesario. Sintió que rozaba suavemente su espalda con los dedos, invitándola a bajar.

La escalera desembocaba en el recibidor. Al pasar junto a un arco que daba acceso al salón, un cuadro colgado sobre la chimenea de mármol llamó tanto la atención de Susan que se quedó clavada en el sitio.

—¿Ocurre algo? —preguntó Jake.

—Lo siento —contestó, señalando hacia el salón—. Ese cuadro... ¿es un Chagall?

Él asintió.

–Bonito, ¿verdad?

–¿Bonito? –repitió ella–. Es magnífico. ¿Te importa si le echo un vistazo?

–Adelante.

Apartó la mano de su espalda, de modo que ella pensó que no iba a acompañarla, así que la sorprendió oír sus pasos detrás.

Cuando llegó a la chimenea, apoyó las manos en el mármol labrado y contuvo el deseo de pasar los dedos por el óleo.

–Es un Chagall auténtico –musitó.

Jake no respondió, así que se volvió a mirarlo.

–Lo es –le confirmó y, apoyado contra la chimenea, miró brevemente el cuadro antes de volverse hacia ella–. A mi madre le gustaba su trabajo.

–Solo he visto originales de Chagall en los museos –dijo–. Esta obra debe de costar cientos de miles de dólares.

Una vez más, él guardó silencio, y no pudo evitar el impulso de comprobar cuál era su expresión.

–Tengo un par de láminas suyas en casa –añadió–. Nada firmado o numerado, pero me encantan.

–Así que, en tus horas de ocio, ¿eres crítica de arte?

–No, pero me gusta dibujar. No soy muy

buena, pero reconozco el talento cuando lo veo.

Su vista viajó por aquella imagen de ensueño. Por el rabillo del ojo, reparó en varias fotografías enmarcadas en plata que adornaban la chimenea.

—Es mi madre —dijo Jake, y se acercó.

Susan miró la fotografía. La mujer era una belleza, de pelo oscuro, ojos verdes y constitución menuda.

—Era una mujer muy guapa.

—Gracias —contestó, rozando el marco con las yemas de los dedos—. Pero se sentía muy sola aquí. Este lugar está tan aislado... pero tiene que ser así. Decorar la casa fue su vida.

Susan detectó un tinte de melancolía en su mirada, y la emoción le resultó tan intensa que no supo qué decir.

Cuando él se dio cuenta de que lo observaba, volvió a su humor anterior.

—¿No tienes hambre?

—Un poco.

Al lado del hombro de Jake, había otra fotografía. Era algo más grande que la de su madre, y contenía la imagen de una mujer rubia con una belleza angelical y casi etérea, como si fuese demasiado exquisita para esta tierra. Susan se mordió un labio. Por fin estaba cara a cara con la legendaria Tatiana.

No era secreto para nadie en Portland, ni en todo el estado de Maine, que Jake Merit seguía llorando a su novia, que había resultado muerta una semana antes de su boda en un accidente de esquí. Que un soltero tan guapo y rico no hubiese podido casarse por esa circunstancia era una historia tan romántica como trágica. La clase de material con la que se tejían las leyendas.

Jake cambió de posición, algo incómodo con la mirada de Susan. Rozó también aquel marco con las yemas de los dedos como en una caricia, y Susan sintió una punzada de dolor.

—Esta es mi...

—Lo sé —susurró—. Tatiana.

Jake estaba mirando la fotografía con una tristeza tal que cuando se volvió a ella, todavía se reflejaba en sus ojos.

—¿Cómo? Lo siento. ¿Decías algo?

Susan sintió una tremenda sensación de pérdida, lo cual era absurdo ya que aquel hombre nunca había sido suyo, y nunca había albergado la esperanza de que llegara a serlo.

—Yo... he dicho que es Tatiana.

Su expresión fue de total sorpresa.

—Todo el mundo en Portland conoce la historia —se disculpó, encogiéndose de hombros.

–¿Todo el mundo? –preguntó él, sorprendido.

La imagen de Tatiana era tan perfecta que Susan se dio la vuelta.

–Supongo que será consciente de que una historia romántica de final tan trágico fascina a la gente, señor Merit.

Tras unos segundos de silencio, carraspeó.

–¿Señor Merit? ¿Qué ha sido de Jake?

De pronto sentía timidez y no sabía por qué.

–No sé... quizás hablar del su tragedia requería algo más de formalidad.

–Pues no es necesario, Susan, créeme –tomó su brazo para acompañarla fuera de la habitación–. Para tu información, recibo entre cinco y diez cartas al mes de niñas de instituto que han oído la historia y que me prometen que su amor me salvará. Y si ellas pueden llamarme Jake, que es lo que hacen, insisto en que mi experta en mineralogía lo haga también. ¿Queda claro?

Susan inspiró profundamente.

–Claro como el cristal, Jake. O, lo que es lo mismo pero expresado en términos de experta en mineralogía, un cuerpo sólido cuya estructura exterior es de caras planas que son la manifestación de una disposición interior inamovible de átomos, moléculas e iones. Estas partículas son el resultado de...

–Está bien, está bien –la cortó, riéndose–. Veo que lo has entendido.

–Lo he entendido, Jake.

–Por cierto, me has impresionado –dijo–. Ed nunca me recita las definiciones.

–Los Soliloquios sobre Sustancias Inorgánicas son un nuevo servicio que ofrece la empresa sin cargo alguno para el cliente.

Él volvió a reír, y su aliento le rozó el pelo. Parecía una risa auténtica, aunque Susan albergaba la sospecha de que, si miraba con atención sus ojos, encontraría el espectro del amor perdido en el fondo.

Con la sensación de ser tan insustancial como un helado derretido, inspiró profundamente para hacer acopio de fuerzas. Intuía que agosto iba a ser un mes muy largo.

CAPÍTULO 2

Susan se encontró sentada a una mesa de ébano con marquetería tan grande que, en caso de necesidad, podría emplearse como puente de unión con el continente. Aparte de ellos dos, George, el padre de Jake, se les unió para la cena. Sus tres servicios estaban dispuesto al final de la mesa. La porcelana era sumamente delicada y la plata tan pesada que Susan pensó que podría contar las veces que se llevaba los cubiertos a la boca como ejercicio de pesas.

Nunca había considerado su vestido azul de punto con su chaqueta a juego un atuendo particularmente formal, pero rodeada de tanta opulencia, lo que se sentía era sin gracia alguna. George Merit parecía conceder audiencia desde la cabecera de la mesa, vestido con camisa de esmoquin, pajarita negra y chaqueta de esmoquin de terciopelo marrón.

La puesta de sol proporcionaba un brillo sonrosado a todo lo que había en la estancia, y cuando no fue suficiente, se encendieron tres candelabros de plata que conferían al lugar una atmósfera inquietantemente romántica. Menos mal que Jake no estaba allí.

Poco después de que se hubieran sentado a cenar, habían requerido su intervención en algún asunto de trabajo, de modo que Susan disfrutó de aquella maravillosa puesta de sol y saboreó el magnífico pescado que sirvieron para cenar bajo el escrutinio del padre de Jake. No le hacía ninguna gracia que la observaran mientras comía, pero la expresión severa de George no la molestaba ni mucho menos como la sonrisa de Jake. Además, su propio padre también era un hombre muy severo, y había aprendido hacía muchos años que, en la mayoría de los casos y como decía el refrán, «perro ladrador, poco mordedor».

—Y bien, señorita, supongo que jugará usted al ajedrez.

Susan lo miró. George Merit se parecía un poco a su hijo, con unos cuantos centímetros menos de estatura y otros tantos menos en los hombros. Pero la diferencia principal era la actitud. George Merit era un hombre serio y estirado, mientras que Jake era desenfadado y extrovertido. La actitud del padre quería dejar bien claro que, a pesar de que ya no era él quien decidía el destino de Merit Emeralds, le gustaba pensar que seguía reinando en aquella isla y que incluso hubiera preferido que lo llamasen «majestad». La vena rebelde de Susan la empujaba a hacer precisamente lo contrario.

—Me temo que no... George.

El mayor de los Merit se apoyó en el respaldo de su asiento como si acabase de proferir una herejía. Delgado como una pavesa y de aire distinguido, con su magnífica cabellera plateada, parecía y actuaba como un aristócrata.

—¿Cómo es posible que no juegue al ajedrez? —preguntó, y su tono pareció el rugido de un oso en su caverna—. Todos los profesionales deberían jugar al ajedrez. Ejercita la mente, enseña a planear estrategias, fomenta la paciencia...

—Es que no me gustan los juegos de mesa, Geo.

Susan sonrió. «Geo». Estaba siendo muy imprudente, pero por alguna razón, tenía la impresión de que a Jake le parecería bien. Susan no tenía ni idea de por qué se le había ocurrido una cosa así. Quizás fuese por el desenfado con que había visto a Jake tratar a su padre, aun cuando este le hubiese hecho una exigencia tempestuosa.

—Para relajarme, me gusta dibujar —añadió con una sonrisa. Sabía que debía detenerse ahí, pero decidió que quería ver la cara que se le ponía cuando hiciera el siguiente comentario–. Y para ejercitar el cuerpo y la mente, me gusta el *kick–boxing*.

El hombre la miró boquiabierto.

–¿Una mujer tan frágil como usted? Qué locura –se acercó a ella, mirándola fijamente a los ojos–. He tomado una decisión: aprenderá a jugar al ajedrez mientras esté aquí, y no se hable más.

Susan tomó otro bocado de pescado. No sabía cómo iba a salir de aquel atolladero, pero no estaba dispuesta a pasarse cada minuto que tuviera libre jugando al ajedrez con George Merit. Sabía bien lo fanáticas que eran algunas personas con ese juego. Tras haberse tragado el último bocado, decidió mirarlo a los ojos y enfrentarse a la verdad. A aquel tirano no le gustaba la palabra «no», de modo que iba a tener que tratar con él de un modo más gráfico.

–La verdad es, Geo, que sí sé jugar al ajedrez, pero no me gusta.

–¡Que no le gusta! –exclamó–. ¿Que no le gusta el ajedrez? –dio un golpe en la mesa con los puños, tan fuerte que la plata entrechocó–. Entonces, es que no la han enseñado correctamente. Una vez descubra las sutilezas de...

–Perdóneme, George, pero yo jugaba ya al ajedrez con mi padre cuando otras niñas le servían el té a sus muñecas –se encogió de hombros–. Simplemente, no me gustan los juegos de...

–¡Sandeces! –exclamó–. Sin duda, su padre...

–Chester O'Conner –lo interrumpió, esperando ver cuál era su reacción.

George detuvo la copa de agua que se estaba llevando a los labios y volvió a dejarla sobre la mesa con tanta fuerza que el líquido rebasó el borde.

–¿Ha dicho Chester O'Conner?

Ella sonrió dulcemente y asintió.

–No estará usted diciéndome que su padre es el jugador de ajedrez *Chess* O'Conner, ¿verdad?

Susan sintió cierto orgullo. Su padre era conocido internacionalmente entre los entusiastas del ajedrez, y aunque lo quería muchísimo, sus años de formación habían estado llenos de ajedrez, ajedrez y más ajedrez. Su padre había sido un verdadero tormento por tanto insistir en que sus hijas aprendiesen y fuesen las mejores en el juego. Pero cuando se marchó de casa para estudiar en la universidad, le dijo que «ni una sola partida más». Y, desde entonces, no había vuelto a mirar un tablero de ajedrez.

–Entonces, ¿ha oído hablar de mi padre? –le preguntó.

Por primera vez, George Merit había dejado de fruncir el ceño. Estaba atónito, y Susan decidió aprovechar aquel alto en su interrogatorio de tercer grado para terminar la cena.

Unos segundos más tarde lo vio parpadear, cerrar la boca y tragar saliva.

—¡Tenemos que jugar! —dijo, con un tono de reverencia tal como si se dirigiera a un miembro de la realeza.

«Qué interesante», pensó Susan. «El hombre al que le gustaría ser rey, o al menos que le tratasen como si lo fuera, ahora me mira como si yo fuera una aristócrata y él, un pobre de solemnidad». Aunque, considerándolo desde otro punto de vista, en el mundo de ajedrez ella era casi de la realeza.

—No, gracias —contestó.

—Insisto —se obstinó.

Ella lo miró seriamente. Para algunos jugadores de ajedrez, ganar a la hija del campeón mundial era como ganar al campeón en persona. Nunca había entendido ese razonamiento, pero si su experiencia valía para algo, eso era lo que ocurría en la mayoría de ocasiones.

Normalmente no tenía problemas en decir que no y en mantenerlo, pero aquel caso era algo más complicado. Iba a tener que quedarse en Merit Island durante un mes.

George Merit era, evidentemente, un hombre que no asimilaba bien el rechazo, y no le cabía la menor duda de que iba a hostigarla. Y además, Jake era un cliente muy importante. ¿Debía atreverse a desairar a su padre? Tras un minuto largo, por fin asintió.

–De acuerdo, George. ¿Cuándo quiere que juguemos?

Él se levantó.

–Voy a preparar el tablero –dijo, y con una última mirada, añadió–: No se retrase, señorita.

–Llámame Susan, George –dijo sin sonreír–. Cuando me llamas señorita, me siento como una dependienta de grandes almacenes.

–Quince minutos –le gritó por encima del hombro mientras salía de la habitación.

Susan se recostó en su asiento deseando haberle dicho que no y que el sol saliese por donde quisiera. Cerró los ojos y suspiró. Ojalá Ed le hubiese explicado cómo iba a tener que vivir aquel mes, y la hubiese prevenido sobre la manía de George con el ajedrez.

Esperaba que la hubieran alojado en alguna cabaña, y comer con los mineros. De ese modo, Jake habría sido una figura distante que habría saludado una o dos veces desde el balcón para ayudarlos a mantener alta la moral. Pero era George quien interpretaba el papel de monarca, y apostaría hasta su último dólar que jamás se mezclaba con los trabajadores.

—¿Estás sola?

Se giró para ver a Jake llegar al arco de entrada. El cuerpo se le encendió de pronto al verlo tan alto, con unas facciones tan perfectas y una sonrisa tan devastadora.

—Tu primera impresión de los hombres de la familia Merit ha debido de ser muy mala, ya que entre los dos te hemos dejado comiendo sola —el ruido de sus pasos cesó al pisar la alfombra persa, y pasó a su lado dejando tras de sí su tentadora esencia—. ¿Dónde está mi padre?

—Ha ido a su despacho a preparar el tablero de ajedrez.

Jake la miró con curiosidad.

—¿Te ha convencido de que juegues con él?

Ella esbozó una sonrisa.

—Es difícil decirle que no a tu padre.

—Dímelo a mí —contestó él con una mueca.

—Dime una cosa —le pidió, inclinándose hacia él—. ¿Cuál sería el mejor modo de que George no volviera a pedirme que jugase con él: si soy muy mala, o si gano?

Jake se quedó mirándola un instante.

—Lo dices como si creyeras que puedes ganarlo.

Susan enrojeció. Normalmente no era tan presumida.

—¿Cuál crees que sería el mejor método para que dejase de insistir?

La breve sonrisa de Jake fue más deslumbrante que la luz de las velas.

—Ganarlo.

Eso creía ella también. Siempre eran los que más insistían quienes después se iban con el rabo entre las patas cuando habían perdido. Se limpió la boca con la servilleta.

—Gracias.

Él frunció el ceño.

—No me las des aún. Todavía no has ganado.

Ella sonrió.

—Eso es cierto... todavía no.

Él la observaba como si quisiera poder meterse en su cabeza. No debía de haberle causado una buena primera impresión. Jake debía de considerarla no solo mojigata con los hombres, sino también medio trastornada. En el silencio que siguió, ella lo vio observarla.

—Mi padre es muy bueno jugando al ajedrez —dijo al fin.

Ella salió del trance, asimilando lentamente sus palabras.

–Eso me lo ha dejado bastante claro –se encogió de hombros–. Tendré que hacer todo lo que pueda.

Jake no podía saber que *Chess* O'Conner era su padre, ya que él no era un fanático del ajedrez; seguramente ni le sonaría el nombre. Yvette y ella no solían decirles a los chicos con los que salían que su padre era un campeón de ajedrez, por si acaso eran aficionados y se ponían pesados.

–Te deseo suerte –dijo, mirándola con los ojos entornados, y tomó un sorbo de café–. Espero que seas ágil. El rey George tiende lanzar a tirar cosas cuando pierde.

Susan no podía contar el número de ocasiones en las que había deseado que su padre fuera un renombrado astronauta o un famoso apicultor. No es que no se sintiera orgullosa de sus logros, pero sería más difícil para la gente sacar del bolsillo un cohete o una colmena con los que retarla.

–Primero empieza por lanzar las piezas del ajedrez, luego el tablero y, por último, cualquier cosa que tenga a mano –continuó Jake, y Susan no pudo decidir si hablaba en serio o en broma.

–Gracias por el aviso –murmuró.

–Es lo menos que puedo hacer –contestó, mirándola pensativo–. No me gusta que mis empleados pasen en coma más tiempo del necesario.

Tomó un bocado de pescado y Susan se encontró deleitándose en verlo masticar. Los músculos de su mandíbula se movían a la luz de las velas de un modo verdaderamente llamativo.

«¡Basta!», tuvo que decirse una vez más. «¡Solo está comiendo pescado! ¡Nada más!».

E intentó encontrar un tema de conversación que no resultase peligroso. ¡Ya era hora de quitárselo de la cabeza!

–Eh... ¿qué problema te han planteado por teléfono?

Él se recostó en su asiento y apoyó las muñecas en el borde de la mesa. Tenía unas manos bonitas, tal y como ella las recordaba, bronceadas, de dedos largos y uñas perfectas. Llevaba un anillo de oro del mismo tamaño de los de las universidades, pero aquel no lo era. Jake estaba en el último curso de Harvard cuando salía con su hermana, así que Susan sabía bien cómo era el de esa universidad. Aquel grueso anillo de oro lucía una magnífica esmeralda de al menos cinco quilates. Una gema como esa debía de valer al menos cincuenta mil dólares.

–Un problema de sexo.

La mirada de Susan se disparó hasta sus ojos.

–Ah... vaya, lo siento. No pretendía inmiscuirme.

Las mejillas le ardieron, pero la mortificación que sentía por dentro era mil veces peor que su manifestación física. Lo último en lo que quería pensar, y mucho menos hablar, era en su vida sexual.

Él ladeó la cabeza y la observó durante varios segundos.

–No suelo hablar de mi vida sexual durante la cena –apoyó los antebrazos sobre la mesa y volvió a empuñar el tenedor–. El problema es que no hay muchas mujeres en esta isla, y a veces es necesario...

–¡Pues no hagas una excepción conmigo, por favor!

El tenedor quedó a medio camino de su boca cargado de pescado.

–¿Cómo?

Ella tragó saliva.

–Me refiero a lo de hablar de tu vida sexual en la cena. Que no hagas una excepción conmigo.

El comentario pareció divertirlo.

–¿Estás segura?

Ella asintió, con las mejillas aún al rojo vivo. En ocasiones como aquella era en las que lamentaba tener la piel blanca propia de las pelirrojas.

«¿En ocasiones como esta?», se preguntó.

«¡Tú no has tenido en la vida otra situación como esta!».

Jake dejó el tenedor.

—Entonces, estamos de acuerdo, porque la razón por la que me han llamado no tenía nada que ver con mi vida sexual —aunque había recompuesto su expresión, Susan tuvo la sensación de que se estaba riendo de ella—. Como te decía, en esta isla no hay muchas mujeres viviendo permanentemente, y los hombres, al fin y al cabo, son eso: hombres, lo cual no es excusa. Aun así, de vez en cuando, debo tener unas palabras con alguno de mis empleados a los que les cuesta entender la palabra «no». Suele funcionar bastante bien que sea yo personalmente quien le explique cuál es la política de Merit Emeralds respecto al acoso sexual, y lo poco grata que puede ser la vida tras las rejas.

Susan se esforzó por no expresar nada, pero mentalmente se dio una buena patada en el trasero. ¿Cuándo aprendería a mantener la boca cerrada?

Él miró hacia otro lado.

—Tener que comportarme como un hijo de perra y verme en la necesidad de intimidar a la gente de cuando en cuando es lo que menos me gusta de mi trabajo —dijo, muy serio.

—A mí me parece que ya intimidas bastante con la sonrisa —murmuró.

Jake tomó la copa y bebió sin dejar de mirarla. Tras un momento largo y doloroso, volvió a dejarla sobre la mesa.

—¿Crees que mi sonrisa intimida? —preguntó, frunciendo el ceño.

Ella miró hacia otro lado.

—Pues no es mi intención asustarte —continuó.

—Tú no pretendes intimidar, lo mismo que el sol no pretende brillar.

Él la miró muy serio.

—¿Quieres decir que no puedo evitarlo?

—Eres alto, poderoso, rico...

Se encogió de hombros, reprendiéndose por haberse metido solita en aquel callejón sin salida. ¿Por qué no podía ser tonta con George, y clara y valiente con Jake? A George Merit le encantaba tener la sensación de dominar. ¿Por qué la vida no era justa?

—No es culpa tuya, Jake —dijo, encogiéndose de hombros una vez más—. No puedes evitarlo.

Jake volvió a recostarse en su silla, mirándola atentamente.

—¿Y a ti te intimido? —quiso saber, cruzándose de brazos.

—Pues, sí. ¿Para qué andarnos con rodeos?

Un criado se presentó para servir café mientras Jake seguía estudiándola. Una vez el joven se marchó, Jake volvió a apoyarse en la mesa.

—Eres muy sincera, Susan.

El estómago se le hizo un nudo. Había dado en el clavo. Desde niña había tenido ese problema, y no había sido capaz de solventarlo.

—Lo dices como si fuese algo bueno.

Su sonrisa devolvió la luz a la habitación y desde algún lugar de la mansión se oyó sonar una campanilla. Susan se sobresaltó.

—¿Qué es eso?

—Creo que es mi padre, que requiere tu presencia —le explicó él, divertido.

Ella tragó saliva. ¿Dónde se había metido?

—¿En serio?

Él apoyó los codos en la mesa y se inclinó hacia ella. Susan sabía que aquello no era una insinuación, pero aun así, surtió su efecto.

—¿Quieres que tenga una charla con el rey George sobre el acoso?

—Antes prefiero intentarlo a mi manera —contestó, sonriendo.

—Si insistes... ¿Quieres que te dé un consejo?

Ella se irguió y asintió.

–Si insistes...

–El rey George tiene tendencia a jugar por la derecha. Ataca su flanco izquierdo –le reveló, guiñándole un ojo–. Que disfrutes de la partida.

¿Por qué tenía que hacer un tiempo maravilloso? ¿Por qué Jake no estaba horrible con vaqueros y una camisa de punto roja? ¿Por qué no tenía cara de sueño a las siete de la mañana? ¿Por qué no era un cascarrabias? ¿Por qué todo tenía que ser perfecto?

Fueron hablando de cosas del trabajo mientras caminaban hacia el lugar de la perforación, en lo alto de una colina que se alzaba sobre playas escondidas. Susan dejó que su mirada vagase por el paisaje, en lugar de mirar al hombre que tenía a su lado. Es que corría el riesgo de embelesarse viendo cómo la brisa jugaba con su pelo. Bueno, tenía que reconocer que le había echado una mirada a hurtadillas. Pero aquella iba a ser su única concesión. La noche anterior había tenido una seria conversación consigo misma y se había jurado que las cosas iban a cambiar drásticamente.

Y aquella jornada podía estar orgullosa de sí misma. Se había comportado como una profesional de los pies a la cabeza. Había tratado a Jake Merit exactamente igual que trataba al resto de clientes. Con frialdad y eficacia.

Jake le dio una patada a una piedra que se encontró en el camino, y eso llamó su atención hacia sus botas de andar, y luego hacia el atlético contorno de sus vaqueros. Afortunadamente él hizo un gesto hacia otro lugar, lo que consiguió atraer su atención hacia ese otro punto. Por primera vez pudo ver el punto de perforación, que aún quedaba a cierta distancia.

—Willoughby solo tiene cinco barrenos de veinte pies en la plataforma —estaba diciendo—. ¿Va a ser suficiente cuando tenga que hacer esas cinco perforaciones en la colina?

Susan miró con ojo crítico el barreno montado en el camión. Incluso desde la distancia podía decirse que era tecnología de la mejor.

—Puede traer tres más de Eddington, en Portland. Estuve allí la semana pasada revisando el diseño de la nueva cabeza Christensen.

Mentalmente, se dio una palmada en la espalda. «Sigue así, Susan. Lo estás haciendo bien».

Siguió respondiendo a las preguntas de Jake, consultando sus notas cuando era necesario. Lo que no hizo fue mirarlo directamente. Intentaba mantener la vista fija en su barbilla, en su frente o en sus orejas. No tenía intención de volver a meter la pata. No estaba allí para alabar ciertas partes de su anatomía.

–Cuando hayamos perforado en la siguiente cuadrícula del sector siete y tengamos suficientes muestras para analizar... ¡aay!

Una piedra suelta la hizo resbalar. Aunque el camino no discurría pegado al precipicio, intentó asirse a algo sólido, lo que estuviera más cerca... y tras un segundo, se dio cuenta de que se había aferrado a la cintura de Jake.

Sorprendida, miró su vientre, que era lo que le quedaba en la línea de visión, mientras que sus deportivas no conseguían hacer pie en la pendiente. Jake tiró de ella, levantándola casi en vilo, de modo que dejase de resbalar.

–¿Estás bien?

Sus pies habían recuperado la estabilidad pero, por alguna razón inexplicable, no podía soltarse de su cintura. Entonces lo miró directamente a los ojos, lo cual resultó ser un error, tal y como constató inmediatamente. Hechizada por sus ojos, solo pudo asentir.

–Bien. ¿Ocurre algo más?

Dios, qué bien olía. Y qué bien se estaba así, agarrada a su cuerpo, sólido como el tronco de un árbol y cálido como... como el de un hombre.

—¿Susan? —insistió—. ¿Estás bien?

Ella parpadeó y recuperó por fin la cordura.

—Eh... sí, sí... es que he tenido un... calambre en la pantorrilla —improvisó. Y para darle más verosimilitud a la explicación, se frotó la pierna.

—¿Te duele algo?

«¡Solo mi credibilidad!»

—Se me pasará en un segundo.

Y siguió frotándose, aunque fastidiada por tener que agacharse y que la sangre acudiera con más facilidad a su cara.

El bloc de notas había ido a parar un par de metros más allá y, con lo que esperaba pareciese una cojera verosímil, dio un par de pasos y lo recuperó. Luego, contó hasta tres y se dio la vuelta camino arriba, de espaldas a Jake. No tenía intención de mirarlo hasta que el rojo incendiario de las mejillas se hubiese suavizado un poco.

—¿Qué estaba yo diciendo?

Apartándose un mechón de pelo de la cara, dio un paso en la dirección que llevaban, sin olvidarse de cojear al apoyar la pierna derecha. Si pretendía justificar un abrazo como el de antes, iba a tener que fingir un dolor en la pierna durante unos minutos e ir poco a poco suavizando los síntomas a medida que caminasen.

–Puede que hayas tenido un tirón –dijo él–. Quizás debería llevarte en brazos.

–¡No! –exclamó, mirando su hombro–. Estoy bien, de verdad.

–¿Ah, sí? ¿Es que la cojera es otro de los servicios gratuitos de la compañía? –preguntó y, sin darle tiempo a contestar, la tomó en brazos–. Será mejor que te lleve a casa para que te pongas un poco de calor en esa pierna.

–No, Jake, de verdad que no... –se sentía como una idiota–. Espera, Jake –dijo, y señaló la plataforma de la perforación–. El camión ya está allí, y también los trabajadores. Cuando lleguemos, tendré la pierna como nueva.

Tenía que encontrar la forma de convencerlo de que no la llevase en brazos. Pero, por mucho que lo intentó, no consiguió hacerlo. «Y tú sabes perfectamente bien por qué», se recriminó. «¡Porque estar en brazos de Jake no es precisamente desagradable!»

–¿Estás segura de que quieres ir a la plataforma?

La preocupación que se veía en sus ojos la dejó sin respiración, y solo pudo asentir.

—Completamente segura —contestó, aferrándose a su bloc de notas. Ya la había abrazado más que de sobra por ese día.

—¿Qué tal fue la partida de ajedrez anoche? —le preguntó.

Ella se encogió de hombros, intentando no mirarlo.

—Tuve que ganarlo tres veces para dejar claro mi punto de vista, pero creo que lo conseguí.

—¿En serio?

A juzgar por su tono de voz, debía de estar sonriendo y, en contra de su voluntad, se arriesgó a mirarlo. Sus sonrisas eran difíciles de soportar, pero imposibles de obviar.

—Creo que le caigo bien —dijo, encogiéndose de hombros—. Las piezas que tiró ni siquiera me pasaron cerca.

—¿Atacaste por la izquierda?

—Siempre.

Jake se echó a reír y el eco de esa risa retumbó en el interior de Susan, una sensación tan agradable que la sorprendió. Su sonrisa era demasiado erótica y su olor le hacía sentir mareos.

—Bájame, Jake —le pidió.

—¿Qué estabas diciendo antes? —preguntó él, al parecer digno hijo de su padre en lo que se refería a no oír lo que no quería escuchar.

No iba a funcionar. Aquello era demasiado humillante. No había permitido que George la convenciese de mantener una interminable partida de ajedrez y no iba a quedarse en los brazos de Jake como una niña indefensa.

—Mira, Jake... —empezó, removiéndose—, el calambre se ha pasado, así que no necesito que me lleves —dijo, obligándose a mirarlo directamente a los ojos—. Esto me está resultando muy incómodo. Bájame, por favor —con un gesto de la cabeza, señaló la boca de la mina. Los trabajadores aún no los habían visto—. ¿Qué te parecería que te vieran llevándome en brazos?

Jake volvió a reír.

—Ni lo sueñes.

—Tú te avergonzarías, y yo también.

—No es lo mismo —contestó, y por fin se decidió a dejarla en el suelo—. Además, me gustaría ver su reacción si fueses tú quien me llevara en brazos.

—No, no creo que te gustase —murmuró, dándose la vuelta—. A nadie le gusta hacer el ridículo.

La perforación salió perfectamente y Susan sintió un gran alivio al ver con qué rapidez pasaban las horas. Estaba tan ocupada que su absurda obsesión por Jake pasó a un segundo plano. Estando lejos de sus brazos y de su mirada, pudo actuar como la profesional que se suponía que era y por lo que la pagaban.

A mediodía, los cocineros llevaron una comida excelente. Afortunadamente, Jake tuvo que volver al despacho para una videoconferencia, de modo que pudo librarse de su magnetismo durante un rato.

Se subió a una peña a comerse un sándwich de ensalada de atún, mientras veía las olas brillar en una playa en forma de luna en cuarto creciente. Era relajante contemplar el agua, y se sintió renovada y casi serena.

Mientras acababa con la coca-cola, contempló la mansión, que quedaba más o menos a un par de kilómetros de allí. Había sido construida en la parte más alta de la isla, y constituía en sí misma una imagen majestuosa. Era una construcción de tres plantas en piedra y madera, viva imagen de las mansiones de campo inglesas. Si alguna vez llegaban a cansarse de contemplar el mar, tenían su propio lago con fuente y cisnes, o kilómetros y kilómetros de jardines, salpicados de estatuas y árboles centenarios. Era como estar en medio de un jardín de cuento.

–No sabía dónde te habías metido.

Una voz ronca la sacó de sus ensoñaciones y, casi de un salto, se dio la vuelta para ver quién había hablado. A escasa distancia, vio a uno de los trabajadores. Bill, o Gil, o algo así. Era un hombre corpulento y necesitado de un buen afeitado. Susan sintió un escalofrío, pero no se dejó llevar por el miedo. ¡Qué tontería!

–Hola.

Él se acercó, sonriendo de medio lado.

–Bonita vista –dijo, mirándola de pies a cabeza.

Otro escalofrío.

–Sí –contestó, mirando al mar–. Es impresionante.

Él se sonrió.

–Tú sí que eres impresionante.

El tipo parecía dispuesto a intentar algo con ella, y la sonrisa de Susan desapareció.

–Esta conversación no me parece apropiada.

Su sonrisa se transformó en una mueca burlona.

–¿Ah, no? –dio otro paso hacia ella–. Pues a mí me parece que sí lo es.

Su expresión melosa disparó una alarma que ya no pudo pasar por alto.

–Pues te equivocas. No me interesa.

Él volvió a reír.

–¿Sabes? Se te ha puesto la piel de un color precioso –dio otro paso, invadiendo ya su espacio y, al retroceder, Susan se golpeó en la cabeza con un árbol, lo que la puso furiosa.

–Mira, Bill o Gil o como quiera que te llames...

–Llámame Billy.

Sus ojos eran pequeños, como dos botones negros brillantes. Llevaba una camiseta a la que le había cortado las mangas, manchada de sudor y polvo. Era un tipo corpulento, rubio y fuerte, es decir que, en conjunto, no estaba mal, excepto por aquellos ojos tan diminutos.

–Está bien, Billy. Haz el favor de separarte.

Dio un paso más y apoyó las manos sobre el tronco del árbol, a ambos lados de la cabeza de Susan.

–Vamos, Susie –su sonrisa pretendía ser sugerente, pero era solo sucia–. Te he estado observando esta mañana, y sé que me has estado mirando.

–No me obligues a hacer algo que después lamentaremos los dos.

–No vas a lamentar nada, mi dulce Sue –ronroneó–. Ninguna mujer ha lamentado conocer a *Big* Billy.

–Esta es tu última oportunidad para dejarme en paz.

–No seas así, Susie. Solo quiero tomar un dulce de postre.

–No me obligues a hacerte daño.

Él se rio, como si esa posibilidad fuese irrisoria, y vio su boca entreabierto acercarse a ella. Dos segundos después, *Big* Billy estaba en el suelo como un fardo, gimiendo y con las manos en la entrepierna.

Susan se alejó unos cuantos pasos de él.

–Espero que hayas aprendido el único significado de las palabras «déjame en paz».

Él la miró un instante, el rostro desdibujado por el dolor. Después, con un gemido, se uso a cuatro patas y por último se levantó. Susan lo vio desaparecer cuesta abajo.

El crujido de una rama al pisarse la alertó de otra presencia y se dio la vuelta, con los brazos preparados para defenderse.

–¡Eh, que vengo en son de paz!

Jake se paró en seco y levantó en alto las manos.

Con el corazón en la garganta después del incidente con *Big* Billy, suspiró hondo y cerró los ojos.

–Un buen movimiento. ¿Qué ha sido eso?

Se sentía avergonzada y no sabía por qué. No había hecho nada ilícito.

–No pude entrar en aerobic en la universidad, así que me apunté a lo único que tenía plazas libres: *kick–boxing*. Resultó ser divertido y un buen ejercicio, así que seguí.

–Ya lo he visto –contestó él, arqueando las cejas. Se acercó al árbol y apoyó un hombro en él. Tras mirarla un momento, sonrió, y aquella sonrisa fue como un bálsamo.

–Veamos, Susan. Primero, ganas un prestigioso premio profesional con tan solo... ¿cuántos?, ¿veintisiete, veintiocho años?

Ella tragó saliva, confusa.

–Veintiocho.

–Veintiocho –repitió, cruzándose de piernas. Susan se obligó a mirarle a las rodillas–. Segundo, eres la única persona que yo recuerdo que haya ganado a mi padre jugando al ajedrez. Y tercero, le has dado una patada a un minero de más de cien kilos como si fuese una almohada de plumas –hizo una pausa–. ¿Qué demonios estás mirando ahí abajo?

Sorprendida de que se hubiese dado cuenta, levantó con cuidado la mirada.

–Nada –dijo, quedándose a la altura del cuello–. Lo siento.

–Para expresarlo en pocas palabras: eres una mujer que intimida.

Susan se quedó boquiabierta. ¿Estaría devolviéndole la pelota? De ser así, ¿no debería estarse riendo, o algo así? Porque no podía estarle dedicando un cumplido, ¿no? Ella no podía intimidarlo ni aun pretendiéndolo.

–Es la segunda vez en dos días que haces que me sienta innecesario.

La brisa escogió aquel momento para alborotarle el pelo, y el movimiento llamó su atención de tal modo que cometió el error de mirarlo... Aquel hombre era muchas cosas, pero ninguna se parecía a «innecesario».

Algo en su expresión le resultó vagamente distinto. ¿Era respeto lo que veía brillar en sus ojos? Por alguna razón, se sintió menos como una tonta adolescente y más como la mujer capaz que había descrito.

–No te hagas ilusiones, Jake –dijo, y recogió de la piedra en la que se había sentado para comer la bolsa de su sándwich–, que puedes llevar esto perfectamente.

Él lo aceptó.

–¡Menos mal! –bromeó–. Gracias.

–De nada –contestó, riéndose. ¿Cómo un multimillonario como él podía tener un encanto tan infantil? Era tan irresistible que hubiera querido revolverle el pelo con la mano. Para empezar.

Cuando sus miradas se cruzaron, Susan tuvo la sensación de haber sido alcanzada por un rayo. En su cabeza se inició un clamor que no podía comprender. O quizás, que no quería comprender. Intentando parecer desenfadada, señaló la plataforma de perforación.

—Vamos, Jake —dijo, y carraspeó—. No me obligues a hacerte daño.

CAPÍTULO 3

Gracias al comentario de Jake en el que la calificaba de mujer que intimidaba, Susan se encontró mucho más cómoda. Una vez sabía que contaba con su respeto, hacía su trabajo sin dificultad. Las únicas ocasiones en que seguía encontrando problemas eran aquellas en las que se quedaban los dos solos.

En esas ocasiones, tenía que esforzarse en no prestar atención a la voz que le susurraba algo que no se atrevía a escuchar. Esa fue precisamente la razón de que, en el tercer día de perforación, cuando se rompió el disco del embrague, Susan se encontrara nadando en un mar de emociones confusas. La pieza tenía que llegar de Oklahoma, y tardaría al menos tres días en llegar, tres días que tendría que pasar en compañía de Jake... tres días que no iban a poder estar llenos de trabajo para mantenerse ocupada.

A pesar de ello, Susan no podía dejar de pensar en lo atractiva que le parecía la idea de pasar tiempo libre con él. Jake era un hombre accesible, abierto, y que parecía saber exactamente lo que necesitaba la persona que estaba con él... tanto si era levantarle la moral o hacerle perder el miedo.

O, como en el caso de *Big* Billy, si era una seria advertencia sobre cómo comportase con las colaboradoras femeninas en la isla, si no quería ser denunciado por asalto.

Aquella noche a la hora de la cena, George Merit no hizo mención de las partidas de ajedrez que había perdido con Susan, al igual que había ocurrido en las noches anteriores. Tal y como ella esperaba, George se comportaba como si el incidente nunca hubiese tenido lugar, pero lo más curioso de todo era su presentimiento de que, bajo la fachada de perro ladrador de George, no solo la respetaba, sino que incluso le gustaba un poco.

Susan se disculpó antes de que se sirviera el postre para ir a dar un paseo por los jardines. Necesitaba respirar aire que no estuviese impregnado del aroma de Jake, poder contemplar un escenario en el que no estuvieses sus ojos ni su sonrisa.

—¡Maldita sea, Jake!

Susan se detuvo de inmediato, sin darse cuenta de que estaba prácticamente debajo del ventanal de comedor. Desde allí se oía perfectamente el rugido de George Merit. ¿Qué estaría ocurriendo? El viejo rey George, que era como Jake lo llamaba en broma, se había comportado de una forma bastante apacible durante la cena... para tratarse de un tirano, claro. ¿Qué lo habría alterado de ese modo?

–Ahora no, papá –lo cortó Jake–. No estoy de humor.

–¡Pues va a ser ahora! ¿Te das cuenta de que mañana cumples treinta y cinco años y de que, cuando yo tenía esa edad, tú ya tenías seis?

–Me lo has gritado miles de veces, así que no creo que quede un solo rincón de esta casa que no lo sepa.

–¡No te burles! –le gritó–. ¿Cuándo vas a dejar de regodearte en la pena que sientes por la pérdida de aquella mujer para seguir adelante con tu vida? ¡Yo me hago viejo, y quiero tener nietos antes de que esté demasiado decrépito para poder disfrutar de ellos! –hizo una pausa en la que no hubo respuesta, así que George continuó–. ¡Ser el mayor conlleva responsabilidades!

–Por mucho que intentes engañarte, padre, no eres un rey feudal, y no puedes ordenarme que me case.

–¡Pero como tu padre, tengo derecho a intentar que recuperes el juicio!

–Pensé que ya te habías cansado de eso.

–¡Pues no voy a cansarme hasta que consiga meterte en esa cabezota tuya que no se puede vivir en el pasado! ¡Tatiana no está! ¡Asimílalo y sigue adelante!

Susan se mordió un labio al oír el nombre de Tatiana. Con el comportamiento desenfadado y abierto de Jake, no se había vuelto a acordar de la desaparición de su prometida. De pronto se sintió débil y se sentó en uno de los bancos de mármol. El frío de la piedra la hizo estremecerse. ¿O era otra la razón?

—¡Maldita sea, papá! —explotó Jake, a pesar de que se notaba que intentaba controlarse—. Aunque me case y te dé los nietos que tanto deseas, mi mujer solo tendría mi apellido, no mi amor.

—¿Tu amor? ¡Bah! ¡Haz el favor de madurar, Jake! Si de verdad crees que ninguna mujer del mundo puede ganarse tu corazón, elige una cualquiera y sigue adelante con tu vida.

Susan se cruzó de brazos y se inclinó hacia delante. Las palabras de Jake reverberaban en su cabeza... «mi mujer solo tendría mi apellido, no mi amor».

—Ninguna mujer accedería a tal cosa —replicó Jake.

La risa de George llenó la noche.

—Ya no eres un crío, Jake. Sabes perfectamente que hay un montón de mujeres que estarían dispuestas a hacer cualquier cosa por la riqueza y el poder que tu apellido les proporcionaría. Además, ¿dónde está escrito que tengas que decirle la verdad?

—No podría mentir. Antes de llevarme a una mujer a la cama como mi esposa, tendría que decírselo todo.

—¡Entonces, eres más idiota de lo que yo pensaba!

—Prefiero ser idiota que mentiroso.

—Pues lo estás consiguiendo —replicó su padre con sorna—. ¿Dónde vas? —gritó, acompañando el grito con un golpe de los puños sobre la mesa. Aquella manía de golpear la mesa con los puños era algo a lo que Susan no podía acostumbrarse—. ¡Vuelve aquí, Jake! —rugió.

No hubo respuesta. Evidentemente, Jake se había hartado.

Susan se tumbó en el banco, dando vueltas y más vueltas a la cabeza, intentando centrarse en algo concreto. Una vez más, sus pensamientos pretendían abrir una puerta que ella no quería abrir.

Jake Merit, su fantasía de adolescencia y el hombre encantador que había llegado a ser, se había condenado a sí mismo a vivir solo, con los recuerdos de Tatiana como única compañía. Qué pérdida tan trágica... tanto para él como para esa mujer que andaría por el mundo y que sería capaz de hacerlo feliz, si él accediese a abrirse a esa posibilidad. Y esa mujer, fuera quien fuese, crecería y florecería en sus brazos. Estaba tan segura de ello como del frío del mármol del banco. Pero Jake tenía que dejar a Tatiana en el pasado, que era donde debía estar.

Un sonido a lo lejos la hizo incorporarse, y el corazón le dio un salto al ver a Jake paseándose por el césped. Afortunadamente el banco quedaba oculto tras unos arbustos en flor.

A la luz de la luna, podía ver su rostro muy bien. Aquellas facciones tan embriagadoras para ella estaban desfiguradas por el dolor, y su postura era la de un hombre herido. Pero seguía respirando, aunque la luz de la noche hubiese descubierto su herida.

Le vio pasarse las dos manos por el pelo en un movimiento cargado de frustración que a ella le provocó un tremendo deseo de acercarse y abrazarlo. De consolarlo. De darle paz. La visión se desdibujó, y Susan tuvo que secarse las lágrimas de los ojos.

¿Cómo sería ser la esposa de Jake y tener sus hijos, sabiendo que nunca podría ganarse su corazón? «No», se advirtió. «¡Ni lo pienses!».

Le vio hundir las manos en los bolsillos del pantalón y volverse a contemplar el mar. Estaba de espaldas a ella, pero aun así, la luz de la luna iluminaba lo suficiente para que siguiera mereciendo la pena mirar. Tenía unos hombros anchos, capaces de soportar gran peso, y aquel polo blanco los hacía parecer de alabastro. Cambió el apoyo sobre una pierna y la luz iluminó una de sus caderas. Susan tuvo que abrazarse para repeler la sensualidad del movimiento.

La presencia de Jake era irresistible, tanto a la luz del sol como a la claridad de la luna; un hombre con tanta confianza en sí mismo como atractivo. Y sin embargo, al observarlo desde su escondite, estaba presenciando por primera vez su gran vacío interior. Una profunda y dolorosa soledad que se había impuesto él mismo y que, bajo su apariencia de serenidad y desenvoltura, le hacía ser un hombre atormentado.

Jake miraba sin ver nada, hacia el vacío. Sabía que su padre tenía razón. ¿Cuántas veces se había dicho a sí mismo lo que su padre acababa de gritarle? No estaba viviendo, sino existiendo. Quería tener un hogar, una mujer, hijos... había planeado tener todo eso con Tatiana. Pero ella había desaparecido hacía ya mucho. ¡Doce largos años! ¿Cómo había podido permitir que pasaran tantos días, semanas y meses, negándose durante todo ese tiempo a estar vivo? Pero así era. Y si no despertaba pronto, se encontraría siendo un soltero de sesenta años que había perdido toda oportunidad de ser feliz.

¿Sería la suya una causa perdida? ¿Quedaba algo en él que ofrecerle a una mujer? Su padre también tenía razón en otra cosa: había montones de mujeres que estarían dispuestas a aceptarlo en los términos que él dictase, y sin amor. ¿Acaso no recibía varias cartas todas las semanas de mujeres que estarían encantadas de ser las elegidas? Pero esa no era forma de escoger esposa... ¡al azar, entre un montón de sobres! Eso solo podía servir para empeorar una situación ya de por sí bastante mala.

¿Cuál era entonces la respuesta? ¿Qué posibilidades tenía? Podía elegir una vida de ordenada soledad, la cual, hasta el momento, no le había reportado ninguna satisfacción, y mucho menos felicidad. Podría llegar a un acuerdo que le proporcionase una cantidad módica de ambas cosas, ofreciendo a cambio de familia y fidelidad una gran cantidad de riqueza.

–¿Pero quién? –murmuró–. ¿Es posible comprar una mujer y, al mismo tiempo, no odiarla por haber accedido a venderse?

Susan no había llevado traje de baño a Merit Island, pero el primer día de aquel intermedio de tres se extendía ante ella con todas las posibilidades de encontrarse accidentalmente con Jake si se quedaba en la mansión, de modo que decidió tomar medidas drásticas para evitarlo. Utilizó el teléfono para preguntarle al mayordomo si podrían prestarle algún bañador, y no habían pasado cinco minutos cuando el caballero llegó a su habitación con varios trajes de baño preciosos, aún con la etiqueta puesta. Al parecer, Merit Island estaba preparada para cualquier contingencia.

Eligió uno azul, se calzó unas sandalias y, con una toalla al hombro, salió de la mansión. El tiempo era delicioso, perfecto para nadar.

–¡Eh! ¿Dónde se supone que vas?

Susan se dio la vuelta, asustada. Era la voz de Jake, pero debía de estar detrás de un árbol, porque él no era hombre al que, estando visible, se pudiera dejar de ver.

–Voy... voy a nadar.

–¿Sola?

Jake se acercó a ella y Susan reaccionó cubriéndose con la toalla por los hombros. No es que se sintiera desnuda, porque el bañador tenía un escote respetable. Pero no le apetecía que pudiera hacer comparaciones, estando tan blanca y tan llena de pecas. En la fotografía que había visto de Tatiana se apreciaba que tenía una piel de marfil perfecta, que seguro que se tornaba dorada bajo el sol.

—Te he preguntado si vas a ir sola —repitió, sacándola del trance.

Susan asintió.

—Soy buena nadadora.

—Esa no es mi pregunta —replicó, acercándose a ella. Pero su olor lo precedió y Susan lo dejó entrar en su cuerpo—. ¿No sabes que es peligroso nadar sola?

Se sentía como una colegiala a la que estuviesen reprendiendo, así que intentó encontrar una excusa para no mencionar lo difícil que era para ella estar cerca de él.

—Bueno, es que... he dado por sentado que habría cámaras de seguridad y que alguien acudiría a rescatarme antes de que me hundiera por tercera vez.

Sonrió intentando parecer desenfadada, cuando lo que de verdad hubiera deseado era que se la tragase la tierra. Debería haberse quedado a leer en su habitación.

—Ahora que lo pienso, puede que tengas razón en lo del rescate —con un brazo, señaló al bosque distante—. Al otro lado de la colina, hay una cala muy soleada en la que el agua no está tan fría. Espera un segundo y me voy contigo.

–¿Tú? –graznó.

Jake se había dado ya la vuelta, pero volvió a girarse.

–¿Por qué? ¿Es que te parece que no voy a saber nadar?

Ella movió la cabeza para despejarse.

–Pues menudo halago me haces –contestó él–. Ya es hora de que sepas que no eres la única que tiene talento de esta isla. En Harvard, pertenecía al equipo de natación.

–Lo sé –murmuró.

–¿Qué?

–He dicho «ah» –mintió, arrebujándose bajo la toalla.

–Espérame aquí.

Antes de que pudiera contestar, se dio la vuelta y lo vio desaparecer en la mansión. Durante toda una eternidad lo estuvo esperando mordiéndose los labios. ¿Por qué al destino le gustaría tanto hostigarla? Jake era para ella un problema mucho mayor de lo que *Big* Billy podría serlo nunca.

Jake salió de la mansión y, al verlo correr hacia ella, tuvo que ahogar un gemido. Aquel hombre era todo fluidez, movimiento animal. El bañador verde que llevaba le quedaba a mitad de las caderas y, aunque era amplio y le llegaba casi hasta la rodilla, verlo con él la impresionó tanto como si hubiera estado desnudo.

—Esto va a ser divertido —dijo, ya a su lado—. Me alegro de que se te haya ocurrido ir a nadar. Hace muchísimo que no lo hago.

Ella se obligó a sonreír.

—Entonces, bien por mí, ¿no?

Apoyando despreocupadamente la mano en su espalda, la animó a echar a andar.

—¿Sabías que hoy es mi cumpleaños?

Susan compuso cara de sorpresa.

—¿Ah, sí? Pues felicidades, Jake. ¿Cómo son las fiestas de cumpleaños de Jake Merit? —preguntó, intentando que la conversación siguiera por esos derroteros y así no pensar en el calor de su mano—. A ver si lo adivino. Viene un espectáculo de Broadway para representarlo ante ti esta noche. ¿O vas a reunirte con las celebridades en Las Vegas?

Él se echó a reír.

—No he tenido fiesta de cumpleaños desde que tenía ocho años.

Ella contempló su perfil, la firmeza de su boca, la curva de su sonrisa. Pero ya sabía hasta qué punto podía ser falsa esa alegría, y el corazón se le encogió.

—Pero supongo que sí recibes regalos, ¿no?

Él la miró con escepticismo.

—¿Qué necesito yo?

«Necesitas encontrar la felicidad, Jake»,

hubiera querido poder decirle, pero se limitó a encogerse de hombros.

–No sabía que iba a estar aquí en tu cumpleaños. Te habría traído algo –¡ya estaba otra vez con las tonterías de una cría de colegio!–. No es el regalo, sino el detalle lo que cuenta. Todo el mundo necesita que le presten atención de vez en cuando.

–Eso es cierto –dijo él con una sonrisa–. ¿Por qué no considero esta excursión de natación tu regalo?

Ella lo miró pero no pudo contestar. Mientras brillase su sonrisa, sería incapaz de hacerlo.

–Lo lógico sería que pensaras que alguien que vive en una isla se acordaría de ir a nadar de vez en cuando –prosiguió.

–Eres un hombre muy ocupado –contestó, y se preguntó qué excusa podría encontrar para seguir llevando la toalla sobre los hombros mientras nadaba.

Él miró hacia otro lado.

–Sí. Ese soy yo. Siempre ocupado.

Al mirarlo, Susan comprobó que su expresión era una reminiscencia de la que había tenido la noche anterior al darse cuenta de que estaba solo. Pero la tristeza tardó menos de un segundo en desaparecer y su expresión volvió a ser la máscara de buen humor que ofrecía al mundo.

–No me da la impresión de que tú nades demasiado tampoco.

–¿Ah, no? –carraspeó para aclararse la voz. ¿Por qué no se habría traído uno de esos grandes albornoces de baño? Aquella toalla no estaba escondiéndola como ella quería.

–Estás muy pálida –dijo él, mirándola de arriba abajo.

Un rojo carmesí le subió por el cuello y las mejillas.

–Pues tú no estás pálido, y tampoco nadas demasiado.

No estaba segura de que su respuesta tuviese alguna lógica, pero razonar era en aquel momento la menor de sus preocupaciones.

–*Touché*, señorita O'Conner.

–Si no nadas, ¿cómo estás tan moreno?

–Porque salgo a correr.

–Pues no te he visto –contestó, sorprendida.

–Puede que no me hayas prestado la atención suficiente –replicó.

«¡Imposible!»

–Dime una cosa, Susan –continuó él–. Antes has dicho que eres buena nadadora.

Ella asintió, intrigada por el cambio de tema.

–Sí. Bastante buena.

–¿Y en *kick–boxing*? ¿Dirías también que eres buena?

–Sí, bastante –contestó. ¿Adónde querría ir a parar?

–Ah.

–¿Por qué?

–Estaba intentando dilucidar si debo echarte una carrera nadando o no.

–Ah. ¿Así que vamos a competir?

–¡Ni lo sueñes!

Susan estuvo callada durante la cena de aquella noche, sin prestar casi atención a la conversación. Estaba ocupada recordando la tarde que había compartido con Jake. No podía recordar otra ocasión en la que se lo hubiera pasado tan bien. Y, en cuanto a su técnica en natación, había sido demasiado humilde. Jake nadaba muy bien, y tenía una brazada en estilo mariposa que ella no habría podido igualar ni en mil años.

También se había comportado como el perfecto caballero. El único contacto físico con él había sido el roce en la espalda mientras la conducía a la cala, que más bien era un lago de agua salada. Y Susan se descubrió deseando que se hubiera mostrado algo más... ¿más qué?

«Interesado» fue la palabra que acudió a

su mente. Pero eso no podía ser. Al fin y al cabo, la había contratado como asesora, es decir, que en aquel momento era su empleada, al menos durante un mes y, para él, el acoso sexual no era algo que pudiera tomarse a la ligera.

¿Pero podía calificarse de acoso sexual si se deseaba por las dos partes? Levantó bruscamente la mirada del plato y contuvo la respiración.

–¿Ocurre algo, Susan?

Ella parpadeó, intentando recordar dónde estaba y cómo interpretarían los cuatro comensales su reacción.

–Nada, nada. Es que... me he mordido.

Sí, era una mentira, pero si alguna vez en la historia del mundo una mentira había sido necesaria, era en aquella ocasión.

Una risilla atrajo la atención de Susan hacia otro de los comensales, una mujer de mejillas sonrosadas y unos sesenta años. Emma Fleet le había sido presentada como la mujer del médico residente en la isla, Elmer.

–Es algo odioso –dijo con una vocecilla muy suave–. Cuando te muerdes una vez, después parece que no puedes dejar de hacerlo durante días –se volvió hacia su marido, sentado a su derecha, un hombre delgado y de corta estatura, pero cuya personalidad alegre y firme lo hacía parecer de mayor envergadura–. A mi pobre Elmer le pasa muy a menudo –añadió, dándole unas palmadas en la mano, salpicada por las manchas de la edad–. ¿Verdad, El?

El doctor sonrió, y en sus ojillos castaños de mirada penetrante brilló el buen humor.

–Siendo médico, debería de saber lo que duele, ¿no?

Susan sonrió. El doctor Fleet y su esposa eran una pareja entrañable; parecían más un médico rural y su mujer que el facultativo personal de una familia tan poderosa como los Merit. Había sido una sorpresa muy agradable encontrárselos sentados a la mesa al llegar. El carisma de Jake y las miradas severas de George le resultaban inquietantes, cada una en su propio estilo.

Lo cual la llevó a pensar que, aquella noche, George parecía mirarla más de lo habitual. ¿Qué habría hecho de particular para merecérselo? ¿Estaría quizás preparando el contraataque en el ajedrez?

En aquel preciso instante, George carraspeó para llamar la atención de los comensales y Susan sintió un escalofrío. Tenía la sensación de que iba a ponerlos al corriente de lo que le había andado rondando por la cabeza. Pues bien, la respuesta era «no».

—Susan —atacó sin rodeos—, ¿qué planes tienes para el futuro?

—¡No! —le espetó, ya que era la respuesta que tenía preparada, pero inmediatamente frunció el ceño—. ¿Cómo dice?

—¿«No»? —repitió George—. ¿Qué clase de respuesta es esa? ¿Estás diciendo que no quieres casarte algún día?

—Eh... no, no... es decir, sí. Espero casarme y formar una familia algún día.

George arqueó una sola ceja.

—Una familia —asintió—. Excelente. Yo...

—Dígame, doctor —le interrumpió Jake—, ¿qué tal está Martenson? Tengo entendido que se rompió una costilla en la caída.

—Cierto —contestó Elmer—. Mira que ir a caerse desde lo alto de la litera sobre la cabeza de Weidermer... —se secó los labios con la servilleta, riendo—. Y lo mejor de todo es que el viejo Weidermer ni siquiera se mareó. Ese viejo bribón tiene la cabeza más dura que...

—Si no os importa —interrumpió George, dedicándole a su hijo una mirada de reprobación—, estaba exponiendo una cuestión.

—A mí sí que me importa —contestó Jake.

Susan lo miró, sorprendida por la severidad de su tono. Un músculo le tembló en la mandíbula y lo vio mirar a su padre con los ojos levemente entornados, como si le estuviese haciendo una advertencia.

–Vamos, Jake –masculló su padre–. Es guapa, juega al ajedrez como un demonio y sabe de esmeraldas. Una combinación inmejorable. Susan y tú podríais darme un nieto excelente.

El bocado de salmón que había tomado Susan tomó el camino equivocado hacia los pulmones.

CAPÍTULO 4

Furioso e impotente, Jake solo pudo contemplar cómo tosía Susan. Sabía que lo de los golpecitos en la espalda solo empeoraría las cosas, así que esperó, preparado para ejecutar la maniobra Heimlich si era necesario. Después de unos treinta segundos llenos de tensión, consiguió inspirar profundamente, y lo mismo hicieron todos los presentes.

A lo largo de los años, Jake había oído a su padre decir unas cuantas barbaridades y otras tantas cosas faltas de tacto, pero lo de aquella proposición matrimonial era inexcusable.

—¡Padre! ¿Qué diablos pretendes con...?

—¡Susan, querida! —lo interrumpió él, tomando la mano de Susan—. Dale a Jake un heredero y un cuarto de la isla será tuyo. ¿Qué me dices?

El enfado de Jake se transformó en furia.

—Ten cuidado, dictador —masculló—. Susan es peligrosa cuando se enfada, y no la culparía si de una patada te enviase fuera de la casa.

George hizo ademán de volver a hablar,

pero la advertencia que su hijo le hizo con la mirada lo obligó a guardar silencio. Sorprendentemente. Con un ademán de lo más florido, se limpió los labios con la servilleta.

Jake volvió su atención a Susan. Su estupor, junto con la falta de oxígeno, le habían dejado la cara sin color.

–Susan... –dijo levantándose, comprendía perfectamente que estuviera horrorizada–. Te pido disculpas en nombre de mi padre.

Hubo unos segundos de silencio y, al final, lo miró. Los ojos de Susan eran dos profundos pozos de humillación, y Jake sintió deseos de enganchar a su padre por la pechera y abofetearlo.

–¿Quieres que te acompañe a tu habitación? –sugirió, intentando sonreír, y le ofreció una mano.

Ella siguió inmóvil unos segundos más, y después apoyó la mano en la de él. Estaba helada.

–Gracias –susurró.

La ayudó a levantarse de la silla y se despidió del doctor y su esposa con un leve movimiento de cabeza. Elmer y Emma contemplaban la escena boquiabiertos. Si la situación no hubiese sido tan dramática, se habría echado a reír.

–¿Nos disculpan, doctor? ¿Emma? Contigo, ya hablaré más tarde −añadió, dirigiéndose a su padre.

George hizo una mueca de fastidio.

−Si fueses listo, cerrarías antes el trato con Susan.

−Haz un esfuerzo e intenta avanzar hasta el siglo xxi, padre −replicó su hijo−, en el que son las parejas quienes toman la decisión de casarse sin la intervención de un padre manipulador −apretó la mano de Susan−. Salgamos de aquí antes de que me convierta en parricida.

Susan lo miró e intentó sonreír.

−¿Necesitas ayuda?

Jake sintió ganas de reír. Aun siendo la víctima de la manipulación más descarada que había presenciado, Susan O'Conner no solo había sobrevivido, sino que lo había hecho con el espíritu intacto.

Susan no podía recordar un momento más terrible en sus veintiocho años de existencia. Había soñado con casarse con Jake, sí, pero no a petición de su padre. Pero lo que más le había dolido era la expresión de Jake al oírselo decir. En una lista ordenada de mayor a menor, casarse con ella sería lo último que le apetecería hacer. Jamás en su vida había sentido una necesidad tan imperiosa de que se la tragase la tierra.

—Susan, lo siento mucho —la disculpa de Jake la sacó de sus cavilaciones. Habían llegado al vestíbulo de delante de su habitación—. No sé cómo voy a poder compensarte por lo que ha hecho mi padre.

—No es culpa tuya —dijo ella, intentando disimular la humillación que sentía.

Jake se apoyó en el marco de la puerta, disgustado, y algún pensamiento le hizo cerrar los ojos. El único sonido que hubo durante unos segundos fue el de su respiración. Cuando volvió a mirarla, en sus ojos brillaba un pesar.

—Quizás ayudaría que te explicase...

Ella se apoyó en la puerta. Verlo vulnerable era más de lo que podía soportar.

—No es necesario. Olvídalo.

Y cuando iba a abrir la puerta, él sujetó su mano.

—Sí que lo es. Verás, es que mi padre piensa que debería...

—No tienes que explicármelo, Jake. Yo... oí anoche vuestra discusión. Estaba paseando por el jardín —le explicó, y con un esbozo de sonrisa, añadió—: no pretendía espiar.

Jake sonrió con tristeza.

—No es espiar cuando la voz de mi padre alcanza un nivel de decibelios que podría romper los cristales de una ventana al otro lado de la isla. Mis discusiones con el rey George son legendarias.

Susan se sintió conmovida por su sinceridad. Ella sabía bien lo que era discutir con un padre testarudo y manipulador. En raras ocasiones había conseguido salir victoriosa de una diferencia de opinión con su padre, sobre todo si la discusión tenía lugar ante testigos.

–Los padres a veces son muy divertidos, ¿verdad?

–Sí –soltó su mano y se cruzó de brazos–. Y ya que pareces conocer mi problema, ¿puedo pedirte opinión?

Ella asintió e intentó no pensar en lo que había sentido al tener la mano de Jake sobre la suya.

–Susan, ¿crees que alguna mujer se casaría conmigo... en estas circunstancias?

Aquella pregunta tan directa la pilló desprevenida, y tuvo que obligarse a mantener un semblante sereno cuando por dentro estaba como loca buscando un pensamiento coherente. Sabía que ella no se casaría con él en esas circunstancias, pero sabía que miles de mujeres solo en Portland, lo harían sin pestañear. Lo mejor sería contestar a su pregunta con otra.

–¿Y tú? ¿Estarías dispuesto a casarte con

cualquier mujer que aceptase tus condiciones?

Jake frunció el ceño y pareció meditar la respuesta.

—No —dijo al fin—. No con cualquier mujer —añadió, y volvió a mirarla a los ojos—. Prefiero pensar que, con la mujer adecuada, podríamos ser una pareja que funcionase. Que podríamos tener una familia y encontrar... —se detuvo de pronto—. No puedo creer que esté hablando de esto contigo.

Ella tampoco podía creérselo, pero le encantaba que pudiese confiar en ella.

—A mí no me importa. Si crees que puedo ayudarte en algo, no tienes más que... —se encogió de hombros. Ofrecerle su ayuda a Jake era como pretender que el rey aceptase consejo de un campesino— pedírmelo —concluyó.

—Gracias.

Siguió mirándola fijamente y ella experimentó un extraño cosquilleo. No entendía lo que le estaban diciendo sus ojos, pero no le importó. La intensidad y la belleza de su mirada eran tan hipnóticas, tan inspiradoras, que merecía la pena seguir así aunque no tuviera ni idea de lo que se le estaba pasando por la cabeza.

—¿Lo harías tú, Susan?

Su pregunta la confundió.

–¿Que si haría... qué?

Él dirigió entonces su mirada hacia el final del distribuidos, frunciendo el ceño como si pretendiese encontrar las palabras adecuadas. Cuando volvió a mirarla, un rubor encantador teñía sus mejillas.

–Casarte conmigo.

Había hablado en voz tan baja que creyó no haberle oído bien. Aun así, la respiración se le quedó helada en los pulmones y, en algún lugar, una esperanza cobró vida como las ascuas sopladas por el viento.

–¿Querrías... querrías repetirlo? –susurró.

–He dicho –repitió, expectante–, que si te casarías conmigo.

Su corazón se lanzó a latir como si interpretase una coreografía. ¡Le había oído bien! Tragó saliva varias veces intentando controlar el pánico. ¿El pánico o la emoción? ¿La alegría? ¿La consecución de sus sueños?

«¡No!», se reprendió con severidad. «Un matrimonio sin amor no puede ser el sueño de nadie».

–¿Me estás preguntando hipotéticamente –quiso aclarar–, como mujer en general? Es decir... –añadió, intentando deshacerse de una especie de niebla que se había apoderado de su cerebro– es que, ha habido un momento que me ha dado la impresión de que me estabas proponiendo que... me casara contigo.

Se mordió un labio. ¿Por qué tenía que haber dicho eso en voz alta?

Él tomó su mano y se acercó.

–Creo que... era eso, sí. Se lleva una vida muy solitaria aquí, en Merit Island. Pero, para la mujer adecuada, podría ser una vida satisfactoria –su sonrisa era cálida, pero no tenía pasión–. Mi padre puede ser egocéntrico y manipulador, pero tiene razón en que no debo dejarte escapar. Eres inteligente. Conoces las esmeraldas. Eres buena compañía –sonrió de medio lado–. No te arrugas frente a mi padre y puedes darle una paliza jugando al ajedrez –volvió a quedarse serio–. Haríamos un buen equipo –añadió.

–¿Un equipo? –repitió ella–. Somos personas, Jake, no un par de bueyes.

–No pretendía... Lo que quería decir es que creo que podríamos tener un buen hogar juntos.

Durante unos segundos de locura, incluso llegó a planteárselo. Aquellos maravillosos ojos, aquella voz profunda y enternecedora, su intenso carisma... Todo eso, añadido al hecho de que acabase de enumerar todos sus atributos, estuvo a punto de hacerle perder la cabeza.

Pero, desgraciadamente, bajo todo aquel encanto, presentía algo escondido y, tanto si quería reconocerlo como sino, lo que latía allí tenía nombre propio: Tatiana.

El muro que con tanta desesperación había construido en su interior para protegerse se derrumbo con estrépito y el secreto que había ocultado tras él la sacudió como lo habría hecho un rugido.

Estaba enamorada de Jake Merit.

Un dolor insoportable lo impidió respirar. Había estado enamorada de él desde el momento en que una vez abrió la puerta de la casa de sus padres y lo vio allí de pie, tal alto, con aquella gracia indolente y su sonrisa.

El amor que inconscientemente sentía por él había perfilado su vida. Jake era la razón por la que no había sido capaz de comprometerse en matrimonio. Era él la razón de que se hubiese decantado por la mineralogía... en su subconsciente, necesitaba formar parte él, de lo que hacía, de lo que era, aunque solo fuese remotamente.

De pronto, muchas cosas que nunca había sido capaz de explicarse las comprendió con meridiana claridad. Estaba perdidamente enamorada de Jake Merit ... y él acaba de pedirle que se casaran. ¿Entonces por qué no era aquel el momento más feliz de su vida?

–¿Te lo estás pensando? –le pregunto Jake, interrumpiendo sus pensamientos.

Susan parpadeo varias veces. ¡Dios del cielo! ¡Estaba esperando una respuesta! La tristeza se apoderó de ella.

«Jake, te quiero», gritó en silencio. «Siempre te he querido, pero si accediera a esto, te estaría engañando a ti y a mí misma».

–No puedo aceptar la proposición que un hombre haga obligado por su padre.

Él frunció el ceño.

–Sé que da la impresión de que ha sido idea de mi padre, pero él solo me ha hecho ver lo que tenía delante de las narices.

Entonces tomó su mano y, a partir de ese momento, se le hizo mucho más difícil pensar y respirar. El corazón se le encogió. ¿Qué habría pasado si no lo hubiese oído discutir con su padre? ¿Y si él no hubiera sido tan sincero y ella no supiera que no estaba enamorado?

Hacerse esas preguntas era absurdo. Le gustase o no, la verdad desnuda formaba parte de aquel trato. Incapaz de soportar por más tiempo el dulce tormento del contacto de su piel, aparto la mano.

–¡Tu padre no es el único al que me apetece tirar por la ventana!

Jake la miró pensativo y luego carraspeó.

–Eso es un «no», ¿verdad?

Sintió una punzada de dolor en el alma, y giró el pomo de la puerta para entrar en su habitación.

–Susan, espera...

–¡No! –dándose la vuelta, le señaló el pecho con un dedo–. ¡No me obligues a hacerte daño!

Entró rápidamente en la habitación y cerró la puerta con los ojos llenos de lágrimas.

Cuando Susan cerró la puerta, Jake se quedó desconcertado. No era solo cuestión de orgullo, no. Había experimentado una extraña sensación de pérdida.

–Qué estupidez –murmuró entre dientes.

Volvió a su habitación y se sentó en el borde de la cama. Desde la mesilla, Tatiana le sonreía en una foto, toda dulzura, tal y como la había conocido en aquellas vacaciones en París.

Tatiana era una sorprendente combinación de sangre francesa y rusa, descendiente de la nobleza expulsada de Rusia. Se había enamorado de ella locamente desde que se conocieron.

Con la yema de los dedos rozó suavemente el cristal de la fotografía en un gesto que había llegado a ser casi reflejo.

–¿Dónde estarías ahora, si hubiese sido yo el que... –el dolor de la pérdida se avivó una vez más en su interior, pero siguió sin apartar los ojos de su imagen–. Seguro que tú habrías sido más inteligente que yo, Tati. Seguro que ahora estarías ya felizmente casada y con hijos.

Apretó los dientes y miró hacia otro lado.

–Yo puedo ser un verdadero idiota si me lo propongo –se tumbó sobre la cama y miró hacia el techo–. Deberías haberme visto esta noche.

Cerró los ojos... otra tontería, porque lo único que vio fue el rostro de Susan y sus ojos llenos de lágrimas al cerrar la puerta.

–Sí –murmuró–. Lo has hecho muy bien, Merit. Lo que me sorprende es que no te haya arrancado la cabeza de cuajo.

Susan no salió a correr aquella mañana. No le apetecía lo más mínimo. Bueno, en realidad, lo que menos le apetecía era ver a Jake. Lo que iba a hacer era buscarse un rincón tranquilo en el jardín y sentarse a leer. Pero mientras cruzaba el jardín, ocurrió lo que menos quería que ocurriese: Jake, vestido tan solo con unos pantalones negros cortos de correr, venía hacia ella.

Llegó a pensar en esconderse detrás de

un árbol, pero él la saludó con una mano, lo cual quería decir que la había visto, así que, aferrada a su libro, se apoyó contra un árbol e intentó sonreír. Como venía corriendo, la compostura solo tendría que durar unos segundos.

Pero, para desgracia de Susan, se detuvo frente a ella. El sol de la mañana le pegaba en el torso y la fina película de sudor que cubría su piel realzaba y definía sus músculos.

—Hola —la saludó, jadeando.

Susan apretó la espalda contra el árbol en un intento de ganar unos centímetros más de distancia. Y es que había algo en él que lo hacía parecer más cercano físicamente de lo que lo estaba en realidad. Tras inspirar un par de veces más, se incorporó y sonrió. Fue una sonrisa breve, pero de gran fuerza.

La miró de arriba abajo, reparando en el ejemplar de *Emma* que llevaba en los brazos.

—Una novela romántica, ¿eh? —le preguntó, mirándola a los ojos—. Yo habría dicho que preferirías algo en la línea de *Atila, rey de los Hunos*.

—Ya lo he leído —contestó, intentando parecer tan desenfadada como él—. Pero era demasiado suave para mí.

Su risa caldeó la mañana y estiró un brazo para que le dejase el libro. El simple roce de sus dedos en el cuello fue lo bastante para que ella soltase el libro al que se aferraba un segundo antes. Él lo miró por delante y por detrás antes de devolvérselo.

—¿Has desayunado bien?

Ella volvió a colocarse el libro a modo de escudo.

—Pues... la verdad es que no tenía mucha hambre.

Lo cierto es que temía encontrarse con él. Había sido grosera y desagradable, y se avergonzaba de sí misma. Además, tarde o temprano tendría que comer, y haber esquivado el desayuno era una decisión infantil.

—Yo tampoco he desayunado. ¿Tienes hambre ahora?

Susan tragó saliva. Estaba demasiado avergonzada por lo de la noche anterior para mirarlo a los ojos.

—No sé...

—¿Y si pidiéramos que nos enviasen algo?

Susan volvió a sentir vergüenza. Pero claro, él no iba a tener en cuenta su reacción. Al fin y al cabo, él no había invertido nada, emocionalmente hablando, en su proposición. Había hecho su ofrecimiento abierta y sinceramente, y ella no debería haber explotado de aquel modo.

–No tienes por qué molestar a nadie por mí –dijo–. Estoy bien.

–Vaya coincidencia.

Ella lo miró, sorprendida.

–¿Qué coincidencia?

–Pues que yo también estoy bien –contestó, y le guiñó un ojo–. Ya nos veremos más tarde.

Aquello no tenía sentido, se dijo Susan mientras él se alejaba. ¿Y por qué le habría guiñado un ojo?

Veinte minutos después, estaba sentada al sol junto a una fuente, y estaba tan metida en la novela que se sobresaltó cuando alguien le dio un golpecito en el pie.

–Hola.

Era Jake. Traía aun el pelo mojado de la ducha y se había puesto unos pantalones cortos beis y un polo color tabaco. Y en la mano, traía una cesta de mimbre cubierta.

Como si le hubiera invitado a hacerlo, se sentó a su lado.

–¿Qué te parece un poco de pastel de manzana y crema, café, *quiche* de tomate, rollos de jamón y zumo de naranja?

Levantó la tapa de la cesta, sacó un mantel de cuadros y lo extendió delante de ella.

Susan, atónita, le vio sacar un termo.

–¿Prefieres primero café o zumo?

–¿Qué haces?

Jake quitó la tapa del termo.

—Me he perdido el desayuno y he pensado que eso no estaba bien.

—¿Y has venido aquí a hacerlo?

Él sonrió de medio lado.

—No sea usted obtusa, señorita O'Conner. Oigo rugir su estómago desde aquí —sacó una taza y la llenó de café—. Fui un cretino anoche —dijo, ofreciéndosela—. ¿Podrías perdonarme... y desayunar?

El aroma del café era delicioso.

—Anoche fuiste un verdadero cretino, sí.

—No me lo recuerdes —contestó, haciendo una mueca—. Y no sé si te has dado cuenta, pero estoy intentando disculparme. Por favor, no te mueras de hambre solo porque no soportes tenerme delante —añadió, sonriendo.

Ella aceptó la taza con un suspiro. Era imposible resistirse a aquel hombre.

—La verdad es que yo tampoco fui lo que se dice un encanto —admitió tras tomar un sorbo—. Lo siento.

Jake llenó otra taza y se apoyó en una mano.

—Me alegro de que no me utilizases como saco de boxeo —dijo, y sonrió.

Y ella no tuvo más remedio que sonreír también.

—Es que los clientes que he utilizado para

entrenarme no me han dado el aguinaldo por Navidad.

—¡Hay que ver, qué intransigentes!

Susan se echó a a reír.

—¿Tú no lo eres?

—Yo no he dicho eso —contestó, estirando las piernas—. Es que me parece que yo estoy a salvo de eso.

—¿Ah, sí? —preguntó, siguiendo el juego.

—Bueno, no tanto... pero es que soy muy optimista.

Susan volvió a reír.

—Ya veo.

—Es bueno ser optimista.

—Vamos a ver, señor Optimista, ¿qué más hay en esa cesta? —preguntó, sentándose también en el suelo para acercase a la comida—. Me muero de hambre.

—Oye, Susan... ¿Por qué no estás casada?

Ella dio un respingo.

—¿Qué?

—Que por qué no estás casada.

Ella se sentó sobre los talones, roja como un tomate.

—Eso no es asunto tuyo.

—Vamos, Susan. Tú conoces mi vida privada con todo lujo de detalles. Sería justo que compartieses un poco de la tuya conmigo.

—Pues no, no lo sería.

Él se echó a reír.

–De acuerdo. En ese caso, tendré que dar por sentado que es que nadie te lo ha pedido.

–¡Sí que me lo han pedido! –replicó. Qué tonta. Había caído en la trampa.

Él enarcó las cejas.

–¿De verdad?

Ella suspiró.

–Está bien: he roto dos compromisos, ¿de acuerdo?

–Así que tienes dificultades para comprometerte, ¿eh?

–Pues no.

–¿Estás segura? –insistió, mirándola a los ojos.

Estaba acercándose demasiado a una verdad que no se podía permitir que conociera, así que decidió lanzarse a la conquista de la cesta por encima de sus piernas.

–Creo que voy a probar un poco de *quiche*.

–¿Los dejaste plantados en el altar, o se lo dijiste un poco antes a los pobres?

Ella apretó los dientes y siguió buscando en la cesta. La *quiche* apareció al fin, cortó un trozo y lo colocó sobre una servilleta.

–Me alegro de que me rechazases anoche –continuó él–. Me has ahorrado la humillación de quedarme plantado en el altar.

Susan tomó un bocado grande y masticó. Debía de estar delicioso, pero era incapaz de saborearlo.

–Teniendo en cuenta tu historial con los hombres –siguió Jake como si tal cosa– ¿qué haría falta para que...?

–¿Para cerrarte la boca? –lo interrumpió dándose la vuelta con violencia. Pero desgraciadamente calculó mal el impulso y terminó cayéndose encima de él.

Y lo peor fue que no pudo dejar de reparar en lo guapo que era tan de cerca, y en lo tentadores que resultaban sus labios.

Pero lo peor de todo fue la mirada que le dedicó él.

CAPÍTULO 5

Jake tenía los labios entreabiertos, como si al caer fortuitamente sobre él lo hubiese obligado a exhalar, lo cual era muy probable, ya que ella no era precisamente un copo de nieve.

Sintió la inmediata necesidad de levantarse y salir corriendo de allí, pero esa reacción fue muy efímera y quedó enseguida ahogada por la parte de su cabeza que se empeñaba en seguir mirando aquella boca de labios masculinos, ligeramente entreabiertos, como si la estuviese invitando. Labios con los que había soñado tantos años, de pronto tan accesibles, a tan solo unos centímetros de distancia. Unos mínimos e insignificantes centímetros.

Y su respuesta a aquel contacto, al calor del cuerpo de Jake, a la caricia de su respiración, fue tan intensa, tan abrasadora, que ya no pudo ignorar la necesidad de conocer el sabor y la textura de su boca.

Un instante antes de que sus labios se rozaran sintió, más que oyó, que carraspeaba.

—Susan —susurró.

La forma en que pronunció su nombre,

con una vaga incertidumbre y un mínimo toque de precaución la devolvió al presente con más eficacia de la que hubiera tenido una bofetada.

—Susan, yo... —empezó a decir, pero bien por confusión, bien por educación, no continuó. En su mirada brillaba algo... ¿Sería deseo? ¿Incertidumbre, tal vez? Ay, Dios, ¿podría ser compasión?—. Susan, nosotros...

Lo vio después apretar los dientes y mascullar un improperio.

—Yo... Jake, yo... es que los brazos se me han quedado... no puedo... —balbució, al darse cuenta de la situación en la que lo había puesto. Sus normas sobre el acoso sexual en el trabajo no le permitirían andarse con aquella clase de jueguecitos en el lugar de trabajo, por mucho que una compañera se le hubiese echado encima, aunque fuera accidentalmente.

Durante un instante vio otra clase de emoción reflejada en sus facciones, pero desapareció rápidamente. Debía de haberse acordado de Tatiana en una situación como aquella... en la que no había tenido necesidad de contenerse. Y era evidente que aquel recuerdo le había causado dolor.

—Veamos si yo... —carraspeó— si puedo ayudarte —e inclinándose hacia un lado, Susan quedó al fin sobre la hierba—. Respira

–le dijo él, aparentemente preocupado–. Respira hondo.

¿De verdad creería que no podía respirar, o solo estaba ofreciéndole una excusa? En cualquier caso, decidió seguir sus instrucciones e inspiró. Desafortunadamente su olor formó parte del proceso.

–¿Mejor? –preguntó él, aún muy serio, y Susan asintió.

Qué idiota era. Y qué soledad más grande la que se palpaba entre los dos. Incapaz de seguir mirándolo, giró la cabeza hacia otro lado.

Pero sorprendentemente, él no se apartó, y un momento después, sintió que le rozaba la frente con los dedos para apartarle el pelo.

–Es la primera vez que conozco a alguien que se ruboriza de este modo –dijo con suavidad.

Ella tragó saliva.

–Es un problema de glándulas –le explicó–. Estoy tomando unas pastillas.

Él sonrió de medio lado.

–Qué lástima –sus miradas se encontraron un momento más antes de que Jake decidiera incorporarse–. ¿Te ayudo? –preguntó, ofreciéndole la mano.

–Gracias –contestó ella, y una vez estuvo incorporada, se soltó rápidamente y miró hacia otro lado–. Siento... siento haberme caído encima de ti.

–No pasa nada. Estoy acostumbrado.

–¿Ah, sí? –replicó, cruzándose de brazos. Aún no había podido deshacerse de la sensación de su cuerpo–. Las mujeres se te caen encima cada dos por tres, ¿no?

–Desde luego. Casi todos los días. Debe de tener que ver con el trabajo. Las esmeraldas, que empujan a las mujeres al desmayo.

–Pobrecito. No tenía ni idea –la verdad es que no le extrañaría que fuese cierto... de no ser porque apenas había mujeres en aquella isla–. Debe de ser agotador tener que salir de debajo de tantas mujeres.

–Tú lo has dicho: agotador –sonrió, antes de volverse y sacar un trozo de *quiche* de la cesta–. En tu caso, me he dado cuenta de que cuando no has comido te vuelves un poco agresiva, así que hazme el favor de comer algo antes de que llegues a hacerme daño de verdad.

Ella siguió mirándolo con el ceño fruncido, pero en el fondo le agradecía que se hubiera tomado todo aquello con un buen sentido del humor, aunque por su parte no pudiera decir lo mismo.

–No tengo hambre –contestó.

–Haga el favor de callarse, señorita

O'Conner, y de abrir la boca –acercó el pedazo de *quiche* a ella–. Abre la boca si no quieres que termine estampándotelo en la cara.

–Es que no quiero –insistió–. ¡No seas mandón!

–Con que esas tenemos, ¿eh? ¿Motín abordo?

–Te sorprende, ¿eh?

Jake arqueó una ceja.

–¿Qué ha sido de la Susan O'Conner que juraba sentirse intimidada por mí?

–No tengo ni idea.

Aunque intentaba seguir a su altura, se sentía algo mareada, así que no le quedó más remedio que sentarse. El único fastidio era que sus muslos se rozasen.

Jake dejó el trozo en la cesta, se apoyó hacia atrás en las manos y cruzando las piernas a la altura de los tobillos, la miró detenidamente.

–Ya que he perdido la capacidad de intimidarte, y ya que te niegas a comer, ¿he de irme preparando para el segundo asalto?

Desde luego tenía que reconocer que se recuperaba pronto del trauma de haber estado a punto de ser besado por una empleada.

–No. Creo que por hoy ya no voy a atacarte más –contestó.

Estaba demasiado cerca, y el hechizo de su olor y su mirada era demasiado intenso. Tenía que poner distancia entre ellos, sin perder un segundo. Con una tremenda fuerza de voluntad, se escabulló para dejar la cesta entre ambos.

Jake sacó un rollito de jamón.

—Con que «mandón», ¿eh? —murmuró—. ¿Dónde habré oído yo eso antes?

Susan contuvo la respiración. Había sido ella quien se lo había dicho en otra ocasión, hacía ya mucho tiempo. Estaban sentados en el salón de la casa de sus padres, charlando mientras esperaban a que Yvette, tarde como siempre, acudiese a la cita. Jake le había preguntado por sus novios y como, a pesar de su negativa, él insistiera, lo llamó «mandón». Desde luego, hubiera preferido que Jake la recordase, pero no precisamente por aquello.

—Estoy seguro de que alguien me lo ha llamado antes —insistió, pensativo.

—¡Bah! Lo que a mí me extraña es que no te lo llame todo el mundo.

Él sonrió.

—Y has tenido que ser tú quien lo haga, ¿eh?

—Es que me lo has puesto muy fácil —replicó, sin poder dejar de sonreír—. Me avergüenzo de mí misma.

—Ya veo lo avergonzada que estás —siguió pensativo un instante más antes de señalar la cesta con un gesto de la cabeza—. Adelante. Como anfitrión tuyo, insisto en que comas —dijo, ofreciéndole un rollito de jamón

Se sentía menos incómoda con la cesta interponiéndose entre ellos, así que sonrió y probó un bocado.

—Está delicioso.

—Es uno de los servicios que ofrecemos sin coste adicional. ¿Qué tal otro trocito de *quiche*?

En aquella ocasión lo aceptó, con cuidado de no rozar sus dedos.

—Gracias. El primero no se dónde ha ido a parar.

—A la fuente. Supongo que los peces deben de estar algo confusos. No les toca *quiche* hasta el domingo.

Ella miró preocupada el estanque.

—Ay, Dios, ¿crees que les sentará mal?

Él se echó a reír.

—Esta sí que es buena. Te preocupas por los peces y a mí ni siquiera me preguntas cómo estoy después de tu asalto.

Apoyó una mano en el mantel y lo miró despacio de pies a cabeza. Si hubiera podido hacerlo más rápidamente, lo habría preferido, pero es que no podía evitarlo. Mirarlo abiertamente era algo que no se solía permitir, y cuando terminó de hacerlo, suspiró. No había ni una sola cosa que cambiase en él. Y no le ocurría absolutamente nada: estaba más sano que un caballo salvaje...

Con una mirada que esperaba comunicase indiferencia, lo miró a la cara.

—La verdad es que no tienes muy buen aspecto, Jake.

—Gracias. Mi trabajo me cuesta.

—De nada. Ha sido un placer —terminó el rollito. Tenía sed—. Has dicho antes que había zumo de naranja por alguna parte, ¿verdad?

—Yo te lo busco.

—No. Estando tan débil como estás, no quiero que te molestes —alcanzó el frasco al mismo tiempo que él—. He dicho que lo hago yo —insistió, y de un tirón se lo quitó de la mano, con tal mala fortuna que el tapón salió despedido y el zumo fue a aterrizar en las piernas de Jake.

—Por amor de...

—¡Ay! —exclamó Susan, y los dos se pusieron de pie inmediatamente—. Lo siento. No quería...

Pero al mover las manos para hablar, otro chorro de zumo fue a caer en la cara y en el pecho de Jake.

—Dios mío... —murmuró, y dejó la botella en el suelo, medio vacía.

Jake se pasó una mano por el pelo y más gotas de zumo cayeron sobre sus hombros.

—Yo te sugeriría que echases a correr —le advirtió.

—¿A correr? ¿Qué vas a hacer?

—Enseguida lo sabrás... si no eres rápida.

Y dio un paso hacia ella.

Susan tenía la sensación de que no lo era, al menos no más que él, pero aun así dio media vuelta y salió a todo correr hacia el mar. Jake le había mencionado que había un acantilado allí cerca desde el que le gustaba mucho zambullirse en el agua, así que echó a correr en esa dirección. Si tenía un poco de suerte, algún tiburón la devoraría antes de que Jake pudiese ponerle las manos empapadas de zumo alrededor del cuello.

—¡Ha sido un accidente! —gritó por encima del hombro, al tiempo que, sin dejar de correr, se deshacía de las sandalias.

—¡Calla y corre!

Y eso fue lo que hizo, tan rápido como se lo permitían sus piernas. El agua iba a estar helada, pero siempre sería mejor que sentir otra vez las manos de Jake, por muy inocentes que fueran sus intenciones.

Una mano la alcanzó por la cintura, pero en aquel mismo instante, saltó hacia el agua.

–¡Susan! –gritó él–. ¿Qué demonios...

Aquellas fueron las últimas palabras que oyó antes de que el agua helada del Atlántico se la tragase.

Apenas tardó unos segundos en quedarse totalmente helada. Aquella no era ni mucho menos la primera vez que se bañaba en las aguas del Atlántico, de modo que aquel frío era como un viejo amigo para ella. Salió a la superficie y respiró. A unos quince metros por encima de su cabeza estaba Jake, al borde del acantilado. Con los brazos en jarras y las piernas abiertas, era una verdadera delicia verle... tan alto, tan moreno, tan... enfadado. Lo saludó con una mano y con la sonrisa.

–¿Te ha parecido lo bastante rápido, Jake? –le preguntó, pero él siguió serio.

–¡Me ha parecido una estupidez!

–No tanto como estar a punto de besarte –murmuró ella–. No soy una niña. Sé perfectamente bien lo que hago –añadió en voz alta.

–Haz el favor de salir, Susan, que acabas de comer. ¿Quieres tener un corte de digestión?

–¡Quizás! –replicó, apartándose de la cara. No le hacía ninguna gracia que la tratase como si fuera una niña de cinco años.

Él contestó algo que Susan no entendió y

después se lanzó al agua de cabeza, ejecutando una caída perfecta que apenas alborotó el agua.

–Sí, ya. También estabas en el equipo de salto de trampolín de Harvard.

Volvió a la superficie no lejos de ella y se sacudió el agua de la cara.

–¿Estás loca?

–Gracias, estoy bien.

De pronto, el océano le pareció un lugar muy pequeño así que dio media vuelta y empezó a nadar hacia la lengua de granito que entraba en el mar–. Tengo frío –dijo por encima del hombro–. Voy a salir.

–Por supuesto que vas a salir.

Susan lo miró, molesta por su autoritarismo.

–Bueno, no. Mejor pensado, voy a nadar un rato.

–De eso, nada.

Su tono era de pocos amigos, y su mirada, aún menos.

–Mejor pensado...

Cuanto antes llegase a la orilla, mejor.

Pasó de una brazada cómoda a otra de toda velocidad. Era buena nadadora, pero nunca había estado en un equipo de natación. Sin embargo, estaba más cerca que Jake de la orilla y había empezado a nadar con dos cuerpos de ventaja.

Jadeando y escupiendo agua, llegó a la plataforma de granito. Los brazos le temblaban por el ejercicio, pero una vez estuvo fuera del agua, se permitió una sonrisa de triunfo.

Un sonido extraño, como de agua que se arremolinase, la hizo volverse hacia un lado. Entonces vio a Jake, todo músculos brillando con el sol, que salía del agua.

Aquella visión la dejó boquiabierta. Poseidón, el dios de las aguas, no habría podido ser una imagen más impresionante, ascendiendo de su reino en el océano entre un torrente de sol. «Poseidón, el rey de las aguas, de los terremotos... y de los caballos». Susan se enfadó consigo misma por consentir que la presencia de aquel hombre siempre la afectase del mismo modo.

–Muy bien –dijo él, estirándose en toda su estatura–. ¿Cómo lo prefieres?

Ella lo miró y el corazón le palpitó estúpidamente. Era la viva imagen de un dios griego, brillando bajo el manto de miles de gotas plateadas, sus hombros casi cegando la luz del sol. Su pecho subía y bajaba bajo la camisa, al ritmo de su respiración. Se había tenido que esforzar en la carrera, pero saberlo le ofrecía poco consuelo en aquel momento.

Susan se sentó con los pies colgando dentro del agua.

–Si pu–pudiera elegir, preferiría que me duchasen c–con zumo de melocotón.

Los dientes le castañeteaban.

–Te estás helando.

–¡No! –contestó con un estremecimiento, y se cruzó de brazos. Entonces fue cuando se dio cuenta de que la camisa de Jake no era la única prenda que tenía la capacidad de pegarse a su usuario. También la camiseta que ella llevaba se le había pegado como una segunda piel. Nunca se habría podido alegrar tanto de darle la espalda a un hombre–. ¡Haz lo que tengas que hacer y márchate! –le gritó, encogida. Ya no sentía los pies.

Él se echó a reír y Susan, empujada por la curiosidad, se volvió a mirar.

–Hoy es la primera vez que veo a una mujer saltar desde un acantilado para huir de mí.

–¿Ah, sí? –la sonrisa de Jake, aunque cínica como en aquel momento, podría devolver la vida a un volcán extinguido–. Quizás deb–berías salir más.

Jake se agachó y le pasó una mano por la cintura.

–¿Los consejos sobre mi vida social también son gratis? –preguntó, rozando con los labios su oreja.

Entre el brazo que le pasaba por debajo

de los pechos y su aliento sobre la piel, dejaron a Susan totalmente muda.

Un segundo después, el mundo comenzó a ponerse patas arriba. Jake se la había echado sobre el hombro como si fuese un fardo de avena.

—¿Qué haces? —gritó.

Él comenzó a ascender por la pendiente.

—Rescatarte de una tumba de agua.

—¿Pero qué... ¡ay!... qué tumba de agua ni qué narices? —protestó, tirándose hacia abajo de la falda.

—Eso es lo que pienso decir

—¡Bájame! —le gritó, dándole un golpe en la espalda—. ¡No quiero que puedan verme lo que no deben por las cámaras de seguridad!

—Yo no me preocuparía por eso. Todavía deben de estar secándose las lágrimas de risa por lo del zumo.

—¡Eres... eres un animal!

—Esto no es más que otro de los servicios que ofrecemos sin cargo alguno, señora.

—¡He dicho que me bajes! —insistió, revolviéndose y pataleando, pero él la llevaba bien sujeta por las rodillas—. No bromeo, Jake. ¡Suéltame!

—Todavía no estás a salvo.

—Jake, si no me bajas en este mismo instante, ¡eres hombre muerto!

Su amenaza estaba hueca, y los dos lo sabían. Poco podía hacer en aquella situación, a parte de patalear y ponerse roja.

–¿Qué pasa? ¿Es que no puedes conmigo desde esa postura?

–No sin dejarte inconsciente –murmuró.

–Vaya. Al parecer, el *kick–boxing* tiene sus puntos flacos.

–¡Para tu información, esto no le ocurre prácticamente a nadie!

–Pues es una pena.

Con la misma rapidez con que se encontró sobre sus hombros, se sintió sobre la hierba suave. Jake la sujetó por los brazos y cuando se miraron, estaban muy cerca el uno del otro. Demasiado cerca.

Tenía tal confusión de sentimientos que casi temblaba. ¿Cómo podía sentir deseos de abofetearlo y, al mismo tiempo, de echarse en sus brazos y rogarle que la amase? Furiosa, apartó sus manos.

–¡No te he tirado el zumo a propósito y tú lo sabes!

Le vio apretar los dientes delante de ella, y tras lo que le pareció una eternidad, dio un paso hacia atrás y se pasó una mano por el pelo.

–Tienes razón –suspiró–. Lo siento. No sé qué... yo... eh... –se tiró de la parte delantera de la camisa a modo de explicación–.

Deberías hacer así –dijo en voz baja, y luego echó a andar–. No estaría bien alterar al servicio.

Esperar una pieza de repuesto no había sido una sucesión de días de aburrimiento, como en el pasado. Claro que, en el pasado, Susan O'Conner no estaba en la isla sentada sobre su cintura, ni bañándolo en zumo de naranja, ni saltando al vacío para evitarlo. De hecho, la frustración que solía acompañar a aquellos días de parón obligatorio se debía menos al retraso que a la conciencia constante de Susan O'Conner.

Mientras bajaba de la boca de la perforación para asegurarse de que todo estaba preparado para continuar perforando al día siguiente, tuvo que contener una maldición al recodar la expresión de Susan cuando la había dejado sobre la hierba el día anterior. Tenía los ojos azules abiertos de par en par y sus mejillas estaban tan sonrosadas bajo las pecas que le resultó casi imposible alejarse de ella.

–Haz el favor de pensar en el trabajo, Merit, y olvídate de lo demás –masculló entre dientes.

Susan había mantenido las distancias aquella tarde, y toda la mañana de aquel día. Había pedido que le llevasen el desayuno a su habitación. Jake inspiró profundamente y se guardó las manos en los bolsillos.

—¿Y qué esperabas que hiciera, mandón?

Frunció el ceño. Mandón. ¿Dónde había oído eso antes?

Un ruido atrajo su atención y se volvió a mirar. En una suave pendiente, entre algunos árboles, Susan apareció. Jake se apoyó en un árbol para mirar. Parecía estar haciendo ejercicio. No. Más bien parecía pelear consigo misma. Estaba dando patadas y puñetazos al aire. La vio hacer una especie de patada en giro, y lo sorprendió la fuerza que podía extraer de una complexión delicada como la suya.

Tras una indeterminada cantidad de tiempo, se le ocurrió que quedarse allí en la oscuridad como un tímido enamorado era una tontería. Dio un paso hacia ella pero, súbitamente, se quedó quieto. ¿Enamorado? La palabra le hizo fruncir el ceño. ¿Así se consideraba a sí mismo? ¿Un enamorado?

Siguió observándola desde lejos un momento más. Era una mujer encantadora, brillante y capaz. Sabía de esmeraldas y de minas...

Y maldijo entre dientes al recordar cómo la había sacado del agua, como si fuese un

Tarzán trasnochado. No tenía ni idea de cómo se le podía haber ocurrido algo así, algo tan estúpido, sobre todo teniendo en cuenta las muchas advertencias que hacía entre sus empleados sobre esa clase de comportamientos, para luego ir él y comportarse como una especie de neandertal.

Apretó los dientes. La verdad es que se había sentido tremendamente vivo cubierto en zumo de naranja, saltando del acantilado y, sobre todo, durante aquella delirante explosión de machismo subiendo la pendiente, con su cuerpo suave y firme a un tiempo cargado al hombro...

Cuánto tiempo había pasado desde que una mujer lo había hecho sentirse vivo. Como Tarzán, saltando de liana en liana con su mujer al hombro para llevarla a la cueva donde se dejarían llevar por sus apetitos y...

–¡Basta! –se dijo en voz alta–. Si esa mujer hace que te sientas así, ¿qué vas a hacer, aparte de soñar despierto como un crío?

Susan seguía saltando, dando patadas, lanzando puñetazos. La respuesta estaba allí, delante de sus narices, pero tenía dificultades para admitirla.

–Vas a casarte con ella. Eso es lo que vas a hacer.

Inspiró profundamente, se irguió y se pasó las manos por el pelo. Si nunca aceptaba un «no» como respuesta en los negocios, ¿por qué iba a aceptarlo en lo personal, que era más importante?

Puede que no amase a Susan apasionadamente, pero lo hacía sentirse distinto... llenaba sus sentidos, lo hacía sentirse vivo, y eso era importante... además de ser algo que no había experimentado desde hacía mucho tiempo. Eran sensaciones nuevas que lo emocionaban enormemente. Aunque no era amor, se le acercaba mucho, e incluso cabía la posibilidad de que le compensasen de algo que él ya nunca podría sentir.

La palabra traición se le vino a la cabeza y retrocedió. Pensó en Tatiana, pero hizo un esfuerzo por no sentirse culpable. Tatiana ya no estaba a su lado, pero él seguía vivo. Y el día anterior, por primera vez desde hacía mucho tiempo, se había sentido así.

–Quiero vivir –masculló–. Quiero volver a ser un hombre completo. Y con Susan, creo que podría conseguirlo.

Su decisión se afirmó en él. Aunque seguía decidido a no mentir, tampoco iba a abordarla con sinceridad brutal. Iba a convencerla poco a poco, haciendo de la persuasión todo un arte.

–Prepárate, cariño –susurró–. Tus días de abandonar prometidos en el altar se han terminado.

CAPÍTULO 6

Así que no estaría bien alterar al servicio, ¿eh? Susan lanzó una patada al vacío, imaginándose que cierto mandón estaba allí para recibir su merecido. ¿Cómo se atrevía a avergonzarla de ese modo?

«No estás enfadada por eso», la fastidió una voz interior. «Lo que te molesta es que Jake Merit no se haya alterado ¡Estás tonta, Susan! ¿O debería decir enamorada?»

—¡No digas nada! —masculló en voz alta.

—Y no he dicho ni una palabra.

El recuerdo de *Big* Billy acudió a su mente y se dio la vuelta en posición defensiva. Al ver a Jake, una mezcla de sensaciones la asaltó mientras él avanzaba hacia ella con las manos metidas en los bolsillos. El resentimiento no le permitía quedarse quieta, lo mismo que la excitación.

—Tranquila, ¿eh? —alzó las manos en señal de rendición—. Pasaba por aquí y se me ha ocurrido venir a decirte hola.

Susan le dio la espalda durante un instante. Necesitaba recuperar la compostura, así que se acercó adonde había dejado la botella de agua y la toalla, abrió la botella y tomó un trago largo. Cuando volvió a dejar la botella bajo el árbol, se obligó a mirarlo.

—Hola —se apartó el pelo de la cara y con la cabeza señaló la casa—. Que tengas un buen día.

Él se cruzó de brazos, dando claramente a entender que no iba a hacer caso de su indirecta.

—¿A quién estabas pegando? —preguntó—. ¿O mejor no pregunto?

Ella lo miró con los brazos cruzados sobre el pecho. Aunque parecía estar imitándolo, el movimiento tenía más que ver con su comentario del día anterior. Sabía que el ejercicio le había pegado la camiseta al cuerpo.

—Seguro que no te equivocas.

—Me lo imaginaba.

De pronto a Susan se le ocurrió una locura.

—Podrías compensarme por lo de ayer haciéndome un favor.

Él la miró fijamente.

—No pienso hacerme el *harakiri*.

Ella sonrió.

—Está bien: plan B —señaló al centro del claro—. Ser mi contrincante.

Él enarcó las cejas.

—Ah. Ya que no estoy dispuesto a suicidarme, has decidido hacerlo por mí, ¿eh? Qué amable.

—No pretendo matarte, Jake —se acercó a él y tiró de las trabillas de su pantalón—. No seas cobarde —dijo intentando convencerlo—. Solo quiero que te quedes de pie en el centro para tener un objetivo.

Él hizo una mueca de disgusto.

—Ah, genial. Ya me siento más tranquilo.

—Tendré cuidado con los puñetazos.

—¿Y con las patadas?

—Puedes bloquearlas.

—¿Bloquearlas?

—Sí, bloquearlas —lanzó un puñetazo a su estómago, y en una reacción instintiva, él desvió el puño con su antebrazo.— ¿Ves? Lo mismo que has hecho ahora.

—Ah... eso.

—Sí —retrocedió un paso—. ¿Preparado?

El compuso una mueca de dolor, pero los ojos le brillaron.

—¿Estás segura de que no vas a salir corriendo de un momento a otro, gritando «¡ha sido un accidente!»?

Ella se mordió un labio y como respuesta le lanzó una patada al pecho, que él bloqueó.

Sorprendida e impresionada, asintió.

—Buen trabajo.

Él frunció el ceño.

–No me ha parecido que esa patada fuese de broma.

Con una sonrisa, le lanzó una patada lateral que él evitó echándose a un lado.

–Eres rápido –lo elogió.

–Mejor ser rápido que estar muerto –contestó con una sonrisa tal que la respiración se le cortó–.

–Lo estás haciendo... –tuvo que carraspear–. Lo estás haciendo bien.

Unas cuantas patadas y puñetazos más tarde, ella retrocedió y levantó una mano para pedirle que esperase. Tenía la respiración muy alterada, lo cual no era normal en ella y, tras apartarse unos mechones de pelo, fue por la botella y bebió.

–¿Tienes sed? –le preguntó antes de dejarla.

Él se pasó una mano por la frente y asintió.

–Gracias.

Tomó la botella y bebió y, cuando iba a volver a dejarla en el suelo, la miró sorprendido.

–¿De dónde han salido esos guantes de boxeo?

Parecía preocupado, como un ratón que hubiese detectado el olor a queso, pero también el de la trampa.

–Estaban debajo de la toalla –dijo mientras se los colocaba.

Él tiró la botella a la hierba.

–Ah, muy bien. Temía que hubiésemos terminado.

Ella se rio.

–Mantén la guardia alta, Jake. Voy por tu nariz.

–Es la primera vez que una mujer me dice algo así. ¿Puede saberse qué te ha hecho mi nariz?

¡Si él supiera! Su nariz, sus labios, sus ojos, su pelo... ¡Todo ello le hacía cosas diabólicas que no la dejaban dormir por la noche!

–Creo que una nariz rota le daría un poco de personalidad a tu cara.

–Ah. Oye, y solo por curiosidad: ¿qué clase de arreglito crees que le daría a mi cara mucha personalidad?

Ella sonrió y, con la mano enguantada, le tocó la oreja.

–Primero, un pequeño retoque aquí. Luego, un par de dientes rotos, y por último, como golpe de gracia, una cicatriz en el ojo.

–¿Eso es todo?

–Claro. Con una cara fea y vieja como la tuya, no hace falta mucho más –levantó los puños y adoptó posición de lucha–. ¿Preparado?

Él se puso a la defensiva.

—Adelante, campeona —contestó, guiñándole un ojo.

Cómo un acto tan minúsculo podía afectarle tanto era inexplicable.

Inspiró profundamente y lanzó un puñetazo a aquel ojo impertinente, y él lo desvió con un movimiento de muñeca.

Volvió a lanzar el puño y él la esquivó sin dejar de mirarla a los ojos ni de sonreír.

Lanzó una patada, y él se quitó de su alcance. Otra patada, y una nueva escaramuza. Su sorpresa inicial dejó paso a la admiración. No había tenido demasiados oponentes tan rápidos.

Intentó de nuevo golpearle con el puño y él lo esquivó. Tras unos minutos, la confusión reemplazó a la admiración. ¿Sería humano aquel hombre?

Dirigió el siguiente golpe hacia su sonrisa, pero él volvió a apartarse a tiempo. Su humor estaba cambiando con la misma rapidez que sus movimientos, y empezó a sentir una tremenda irritación. Lanzó una patada y él la detuvo con un brazo.

Murmurando entre dientes, intentó alcanzarle en el estómago, pero él esquivó el golpe. Aquello empezaba a ser ridículo. Un movimiento rápido con la pierna que él evitó sin dejar de sonreír.

Susan empezaba a enfadarse en serio.

¿Cómo se atrevía a reírse de ella? ¿Y cómo se atrevía a esquivar todos sus golpes? Ella era una buena luchadora. ¿Por qué no conseguía conectar?

—¡Un momento! —dijo, levantando en alto los puños—. Esto no funciona. ¡Defiéndete!

—Yo creía que era eso lo que estaba haciendo.

—No. Lo que quiero decir es que me ataques.

Él se echó a reír.

—Sí, ya.

Ella lo miró enfadada. ¡Iba a borrar aquella sonrisa de su cara, aunque fuese lo último que hiciera!

—Hablo en serio, Jake.

Su sonrisa se fue desvaneciendo poco a poco; luego dio un paso hacia atrás y dejó caer los brazos.

—No puedes querer de verdad que te sacuda.

Molesta por su incredulidad, lo crucificó con la mirada.

—Veremos si puedes.

—Pero Susan, no quiero darte un puñetazo.

—Entonces, dame una patada.

—Puedes estar segura de que lo haré.

—Es exactamente lo que quiero. Inténtalo, que no vas a conseguir hacerlo.

—No tengo guantes, si te alcanzo, te dolerá.

–¿De qué tienes miedo... de que te duela el puño, o de hacerme daño a mí?

Jake frunció el ceño.

–Muy graciosa, pero partirte la mandíbula no es precisamente lo que había pensado hacer esta tarde.

Ella se acercó.

–Vamos. Si tantos reparos tienes en pegar a una mujer, simula los golpes.

–No me digas...

Su actitud la ponía nerviosa. ¡Todo en él la ponía nerviosa!

–¡Defiéndete!

Exasperada, le golpeó fuerte en el pecho.

El impacto provocó en él un gemido y lo dobló por la cintura.

–Gracias –murmuró–, por simular el golpe.

La sensación inicial de triunfo desapareció, dejando un violento rubor en sus mejillas. Estaba tan enfadada que no había controlado el golpe.

–Lo siento –se disculpó, y retrocedió un paso temiendo venganza–. Pero... te había advertido de que te defendieras.

Jake volvió a erguirse.

–Cierto –colocó los puños en posición defensiva y asintió–. No volveré e equivocarme.

Aunque no se sentía orgullosa de sí misma, Susan levantó los puños enguantados.

–¿Listo?

–Cuando quieras, Brunilda.

–¿Qué es eso?

–Eso era una guerrera de la mitología.

Susan se sintió vagamente halagada, pero se esforzó porque su expresión no cambiara.

–¿Listo?

–Ya me lo has preguntado antes.

–Cierto... –con las mejillas ardiendo, volvió a colocarse. ¿Qué le estaba pasando? «¡Mueve el culo, Susan!» Y le lanzó un golpe al vientre.

En lugar de evitar el puñetazo, Jake sujetó su cintura, y antes de que pudiera darse cuenta, la sujetó contra él. ¿Cómo diablos lo había hecho para terminar aprisionada contra su cuerpo, con los dos brazos sujetos a la espalda?

–¿Qué tal lo he hecho, campeona? –preguntó él.

Su barbilla tocó su frente y sintió su respiración en el pelo.

–¿Qué ha sido eso? –le preguntó.

–Pues no lo sé –admitió con una sonrisa endiablada–, pero me gusta.

Ella tragó saliva. A ella también le gustaba, pero intentó que no la afectase.

–Puedo utilizar la rodilla en esta posición –le dijo, fastidiada porque la advertencia le hubiese salido tan ahogada.

Mientras lo miraba, su sonrisa se suavizó un poco más, aunque en sus ojos seguía brillando la risa.

–¿No va eso contra las reglas?

–¡Tú tampoco me estás sujetando según las reglas del *kick–boxing*!

–¿Ah, no?

Susan apretó los dientes.

–¡Sabes perfectamente que no! ¡Ni siquiera es técnica de lucha libre! ¡Parece un secuestro!

Su risa reverberó en su cuerpo y cerró los ojos. Lo último que necesitaba era empezar a pensar en otras cosas.

–Yo no he dicho que fuese experto en *kick–boxing*, Susan.

Intentó soltarse, pero era ya demasiado tarde cuando se dio cuenta de que no era un movimiento aconsejable, porque solo consiguió con ello reunir más información del cuerpo contra el que estaba aprisionada. Un gemido se le escapó involuntariamente, pero intentó taparlo con tos. Jake Merit no era un experto en artes marciales, pero sabía cómo sujetar a una mujer.

–¿Y ahora qué hacemos? –preguntó él, rozando su sien con los labios.

Ella parpadeó, aturdida. ¿Lo habría hecho a propósito? Miró su boca y se le hizo más difícil respirar. Necesitaba sentir sus labios, ansiaba su beso, había soñado con él.

«¡Bésalo, idiota!», se dijo. «No dejes pasar la oportunidad. Fíjate en su expresión. Ahora no sonríe. Está considerando seriamente besarte, así que no te lo pienses. ¿Cuántas veces se tiene la oportunidad de vivir un sueño?»

La mirada de Jake se había tornado seductora e intensa. Irradiaba una sensualidad que era difícil de resistir. Le vio inclinar la cabeza levemente hacia ella, y sintió una oleada de excitación. El aire vibraba cargado de electricidad. Se estaba rindiendo por segundos. En un instante, perdería la capacidad de resistirse a la llamada de su mirada, y eso la asustaba.

«¿Qué va a pasar mañana, Susan, cuando tengas que volver a trabajar? Y hablando de trabajo, ¿cómo vas a poder conservar este trabajo si te dejas llevar por tus necesidades? Tú no eres mujer de vivir el momento, y siempre has mantenido la cabeza sobre los hombros. ¡No puedes saltar al vacío ahora, por muy atractiva que te parezca la caída!»

Qué irónica podía ser la vida. Jake le había ofrecido un matrimonio sin amor, y en aquel instante parecía haber sustituido ese ofrecimiento por una invitación para mantener un encuentro sexual ocasional. Qué tragedia que lo único que ella quería de él nunca llegara a formar parte de ningún acuerdo que él pudiera poner sobre la mesa.

La fotografía con marco de plata de Tatiana se le apareció ante los ojos y, con el corazón ahogado en la tristeza, se revolvió.

–Suéltame, Jake –gritó con la voz rota–. No juegas limpio.

El repuesto que esperaban llegó a tiempo, se reanudó la perforación y todo volvió a la normalidad.

«¡Ni mucho menos!», se dijo Susan, revolviendo entre los papeles de su escritorio, inquieta. Dos semanas habían pasado desde que reanudaran el trabajo y, durante esas dos semanas, se había visto obligada a pasar la mayor parte del tiempo mirando a los ojos a Jake. Atormentada por su sonrisa. Soportando la cadencia seductora de su voz. Y lo peor de todo: había tenido que soportar que la tocase para ayudarla a subir por rocas resbaladizas, o al acompañarla a cenar.

«¡Si sigues actuando como un perfecto caballero...», hubiera querido gritarle, «tan atento y tan galante, yo... yo...!».

A veces incluso tenía la impresión de que la estaba cortejando. Era cortés en extremo, aunque ni en sus contactos ni en su conversación hubiese la más mínima insinuación. Obviamente sus fantasías estaban afectándola.

Tras aquella tarde en el bosque en la que creyó ver algo en su mirada, no había vuelto a ocurrir nada más. Además, ella había sido la culpable, y había sido una suerte que no fuese vengativo. Incluso podría haber obligado a Ed Sharp a que la despidiera. Un cliente tan importante como él, podría haberlo obligado a hacerlo.

—¡Ah! —exclamó, sacando un cuaderno de dibujo del último cajón—. ¡Sabía que te había traído!

Sacó también los carboncillos y salió de la habitación. Había terminado de trabajar hacía poco, pero la luz aún era perfecta. Como Jake solía retirarse a su despacho entre las cinco y las siete para ocuparse de los detalles del trabajo diario, había decidido darse un paseo a solas, buscar un sitio agradable en el que sentarse y dibujar. Le producía gran satisfacción la soledad en que se desarrollaba su pasatiempo favorito. Dibujar calmaba sus nervios tras un día de trabajo, y si alguna vez había necesitado calmarse, era aquella tarde.

En aquellas dos últimas semanas, de no haber sido porque se encontraba con fotografías de Tatiana casi por todas partes (sobre la chimenea del salón y en el despacho contiguo al dormitorio de Jake, donde se reunían por las tardes), podría haberse permitido la ilusión de que Jake se sentía atraído por ella.

–No te pases –se dijo en voz alta cuando salía de la mansión y cruzaba el patio–. Pasa la mano por esas fotografías cada vez que está cerca. ¡Eso no lo haría un hombre que se sintiera atraído por otra mujer!

La explicación era, simplemente, que se trataba de un hombre con una personalidad magnética. No podía evitar ser irresistible. Era un defecto con el que había nacido y con el que ella tendría que aprender a tratar. Sus miradas, sus sonrisas, sus roces no eran más que manifestaciones de su personalidad extrovertida. No tenía sentido buscarles otro significado.

Con el cuaderno de dibujo y los carboncillos, se alejó a grandes zancadas de la casa, y de Jake, con el ferviente deseo de que la isla fuese de veinte kilómetros de largo en lugar de solo diez. Iba a encontrar algo interesante que dibujar, un lugar de paz en el que relajarse, aunque le costase un gran esfuerzo.

Atravesó el césped perfecto del jardín y tomó una vereda rocosa que conducía a un valle umbrío y que luego ascendía hacia un acantilado que terminaba en una especie de península rocosa. El corazón le dio un brinco y tuvo que pararse. Un hombre estaba sentado al borde de la escarpadura, pescando. Un segundo después, se dio cuenta de que el hombre no era Jake, sino el viejo rey George.

Llevaba las perneras del pantalón remangadas, los pies descalzos, una camisa de colorines desabrochada de la que tiraba el viento sobre una camiseta blanca. En la cabeza, y bien calado para que no se lo llevase un golpe de viento, un viejo sombrero de paja en el que había clavado las moscas del cebo.

No parecía el hombre terco y dictatorial al que se había acostumbrado. Más bien, había algo nostálgico en aquella imagen, algo dulce; incluso parecía advertirse un aire de derrota en la posición de sus hombros y en la quietud de su perfil. Por primera vez desde que lo conoció, el corazón de Susan sintió lástima por él. No se había dado cuenta antes, pero era un hombre que se sentía solo. No era de extrañar que desease tener nietos. Se volvería loco enseñándoles a pescar y a jugar al ajedrez.

Casi sin darse cuenta, se acomodó en la pendiente y comenzó a dibujar. El tiempo pasó sin darse cuenta, concentrada en su trabajo. George apenas se movía, así que no podía estar pescando. Debía de haber puesto un cebo en el agua y estaría esperando a que entrasen en la trampa; y mientras, soñaba despierto, sin importarle si picaban o no.

Había hecho varios bocetos hasta llegar al dibujo en el que estaba trabajando en aquel momento.

—Por fin —murmuró. Al final había conseguido captar la esencia del verdadero George Merit... un hombre de fiero orgullo y punzante soledad, con un halo de melancolía en el corazón. Haber podido ser testigo de aquella parte de su personalidad la hizo sonreír.

—Ya no volverás a molestarme tanto a partir de hoy —dijo en voz alta, y en el fondo de su corazón deseó poder ser ella quien le diera los nietos que tanto anhelaba.

Cerró los ojos.

—Susan —se advirtió—, ya te he dicho que dejes de soñar. ¡Ya basta!

—¿Qué he hecho esta vez?

Era la voz de Jake.

—A ver si controlas un poco tu ego —le dijo sin volverse—. No todo tiene que ver contigo.

—¿Qué estás haciendo?

Lo oyó acercarse y miró por encima del hombro. Llevaba los mismos vaqueros y la misma camiseta negra que había llevado todo el día.

–Pasar el rato.

¿Por qué bastaba con que apareciese para que la calma que con tanto esfuerzo había conseguido para sí desapareciera de un soplido, como un molinillo de viento?

–¿Haciendo qué?

Se agacho junto a ella, y su olor incrementó la incomodidad de Susan un cien por cien.

Era demasiado tarde para tirar el dibujo al mar, porque no le gustaba que vieran sus dibujos, y mucho menos Jake, pero ya no podía hacer nada.

–Dibujar.

–Vaya, vaya...

Susan lo miró preocupada mientras él estudiaba el dibujo.

–Es genial, Susan –dijo, tomando el cuaderno en las manos–. Has captado una parte de mi padre que yo casi había olvidado que existía.

La miró entonces a ella, y sus ojos terminaron de destrozarla.

–¿Puedo quedármelo? –le preguntó.

Ella se lo quedó mirando con el corazón latiéndole en las sienes.

—¿Qué has dicho?

Jake se acomodó a su lado.

—Que si puedo quedarme con esto.

—No... no tienes por qué exagerar, Jake —le dijo con las mejillas arreboladas—. No es nada. Me gusta dibujar para relajarme y...

Iba a empezar a balbucear, así que quiso recuperar el cuaderno.

—No, por favor. Te lo digo en serio. Es un dibujo magnífico. No valoras tu trabajo lo suficiente, pero para mí, significaría mucho tener esto.

La sujetaba por la muñeca con suavidad, y lo único que ella pudo hacer fue asentir.

Jake sonrió y su pulso se puso por las nubes.

—Gracias. ¿Qué te parece si volvemos juntos? —se ofreció, tirando de su brazo—. Es casi la hora de cenar.

Antes de que pudiera decirle que no, ya la había puesto en pie, y no le sorprendió que deslizase la mano por su brazo para asir la suya. Tenía que soltarse, pero por alguna razón le fue imposible hacerlo. Día a día su fragilidad emocional iba creciendo, y cada vez era más incapaz de resistirse a Jake.

—¿En qué piensas? —preguntó él—. Estás muy seria.

Ella dio un respingo.

—Oh... yo... —¿qué podía decirle, que no

fuese la verdad?–. Estaba... estaba preguntándome cómo llegó esta isla llena de esmeraldas a manos de tu familia.

Él se echó a reír.

–No éramos un atajo de piratas, si es eso lo que estabas pensando.

Susan seguía combatiendo la debilidad.

–No se me había ocurrido eso –contestó.

–Me alegro.

–Entonces... si no erais piratas, y si no pasasteis a cuchillo a sus anteriores habitantes, ¿cómo llegó a poseerla tu familia?

–Ojalá fuese una historia excitante, pero no lo es –contestó, entrelazando los dedos con los suyos–. Hace unos trescientos años, uno de mis ancestros le regaló al rey Jorge II un magnífico semental. El rey llegó a encariñarse tanto con el animal que le regaló a mi tatara-tatara-lo que sea esta isla. Desde entonces, ha venido perteneciendo a mi familia.

–¿Y quién fue el afortunado Merit que descubrió las esmeraldas?

–Según la información que se guarda de la familia, en el año 1890, Geoffrey Merit, un viejo y curtido pescador y un grandísimo hijo de... –carraspeó– de pescador, estaba excavando un pozo nuevo. Y a partir de ahí, ya sabes el resto de la historia.

–Así que Geoffrey dejó de ser pescador

para transformarse en jeque de las esmeraldas, ¿eh?

Ojalá no se sintiera tan viva cuando él estaba cerca.

—Fue una elección difícil, pero... —hizo un gesto con la mano en la que llevaba el cuaderno de dibujo—, no verás por aquí muchos barcos de pesca, ¿verdad?

Ella miró a su alrededor, fingiendo investigar.

—Pues la verdad es que no —hizo una pausa para preguntar después—. Por cierto, ¿es que me han instalado un localizador? Siempre me encuentras, esté donde esté.

Él se echó a reír.

—No, nada tan sofisticado. Simplemente he echado un vistazo a las cámaras de seguridad.

—¿Seguridad? —no había pensado en eso—. Ay, Dios mío... ¿nos habrán visto en el bosque cuando estábamos peleando?

La sonrisa de Jake desapareció.

—Las cámaras de seguridad están colocadas a lo largo de la costa para alertarnos de si se acerca algún barco no autorizado, Susan. Hoy estabas muy cerca de la línea de la costa y por eso lo han recogido las cámaras, pero no estamos en un estado policial —miró hacia la casa—. El otro día me encontré contigo por casualidad —cuando volvió a

134

mirarla a ella, su expresión parecía infeliz, y Susan se sintió conmovida–. Espero que aceptes mis disculpas por... cualquier cosa que haya podido hacer para provocarte.

«¡Todo lo que tú haces me provoca!», hubiera querido gritarle.

–Fui yo quien te convenció de que peleásemos –contestó, sonriendo.

Él también sonrió.

–Y me diste un buen puñetazo.

–¿Ah, sí? Pues no me acuerdo.

–Mentirosa.

–Solo cuando es absolutamente necesario –replicó.

Jake se acercó más a ella y un mechón de pelo oscuro le cayó sobre la frente.

–¿Y bajo qué circunstancias encuentras mentir absolutamente necesario?

No dejaba de mirarla, y Susan sintió un tremendo magnetismo sexual irradiar de él como los rayos de la muerte partían de Marte, dios de la guerra. Y la escasa resistencia que aún le restaba, quedó pulverizada automáticamente.

CAPÍTULO 7

Jake estaba de pie delante de la chimenea del salón, y llevaba una eternidad contemplando la fotografía de Tatiana. Al final, apretando los dientes, tomó una decisión, y tomando la fotografía en las manos, susurró:

—No me hagas sentirme culpable, Tati.

Pero sabía bien que la mujer a la que había amado jamás haría algo así. La culpabilidad que sentía era solo obra suya. Tati jamás habría querido verlo sufrir durante tantos años. Ella solo hubiera querido su felicidad.

Pasó los dedos por su cara, sonriendo con tristeza a la imagen que había atesorado durante todos aquellos años de soledad.

—Esta tortura ha sido solo cosa mía. Ahora lo sé. Y solo puedo ser yo quien acabe con ella.

Abrió la parte trasera del marco y colocó el dibujo que Susan había hecho del rey George sobre la imagen de Tatiana.

Tras un momento de indecisión, volvió a colocar la fotografía en su sitio y miró el dibujo. La ternura que Susan había proyectado en aquel dibujo surtió su efecto y Jake consiguió sonreír.

Susan era totalmente distinta a su madre, tan callada y de porte altivo, y a su dulce y tímida Tatiana. Susan era una mujer que se mostraba tal y como era, que decía lo que pensaba y hacía lo que sentía. Una mujer franca e inteligente, voluntariosa y capaz de competir con un hombre en cualquier terreno. Tenía más valor que muchos de los hombres a los que conocía y, sin embargo no había sacrificado su feminidad.

Nunca había encontrado las pecas particularmente sexys, pero las que ella tenía salpicando la nariz y las mejillas habían terminado por cautivarlo. Enrojecer la molestaba, y se preguntó con una media sonrisa si tendría noción de lo mucho que su rubor lo afectaba a él. Sentimientos que creía perdidos para siempre volvían con fuerza inusitada.

Ni en sueños se habría imaginado que una mujer como ella llegase a atraerlo. Estaba muy lejos de la clase de mujer recatada que a él siempre le había gustado. Y, sin embargo, había sido precisamente su actitud lo que le había hecho caer en la cuenta por primera vez de que no era un hombre muerto, sino un ser de carne y hueso, y que había malgastado buena parte de su vida regodeándose en su propia tristeza y en la culpa de ser el superviviente.

Examinó el dibujo de Susan y volvió a sonreír. Se había encariñado con aquella mujer pecosa. Sí, Susan O'Conner, con sus ojazos azules, sus agallas y sus rubores, era su billete de vuelta al mundo de los vivos. Aunque no podría reemplazar a Tatiana en su corazón, era alguien con quien podía reírse, con quien podría tener una familia. Y esas cosas tenían mucho valor.

Pero transformar el «no» de Susan en un «sí» iba a requerir gran sutileza. Por el momento, su sutil cortejo había obtenido pocos frutos.

—Espero que seas capaz de hacerlo —murmuró en voz alta—, porque un paso en falso, y vuelves a estar muerto.

—Una semana y cinco días —murmuró Susan al entrar en el salón—. Solo tengo que resistir una semana y cinco días más. Luego volveré a Portland y a la seguridad de mi despacho, lejos de las garras de la tentación.

Al terminar la cena, Jake se había excusado para atender un asunto de trabajo y el rey George se había ido a dormir, lo que la dejaba con tan solo dos posibilidades: la de irse ella también a dormir, aun a sabiendas de que solo iba a conseguir dar vueltas y más vueltas, o pasearse por la casa. Decidió lo segundo.

Recordaba haber visto una preciosa terraza en el salón, desde la que se disfrutaba del olor del mar y de la fragancia de las rosas. Al pasar por aquella magnífica estancia, se sintió atraída por el exquisito Chagall que colgaba sobre la chimenea y se detuvo a contemplarlo una vez más.

Tras un momento, se volvió hacia la terraza, pero algo llamó su atención. Había algo distinto allí y se detuvo con el ceño fruncido. Fue entonces cuando lo vio.

El dibujo del rey George. ¡Su dibujo!

No estaba convencida de estar viendo bien, así que se acercó más, tomó el marco en las manos y lo examinó. ¿Jake había reemplazado la imagen de su preciosa Tatiana por aquel dibujo? Le resultaba difícil creer lo que estaba viendo.

Volvió a dejarlo en su sitio y se dirigió de nuevo a la terraza, pero desde la puerta se volvió. Estaba segura de que iba a volver a ver el rostro de Tatiana, pero no. Allí seguía estando su dibujo. Movió la cabeza, atónita, pero en su interior, en un rincón, sintió que brotaban lágrimas de alegría.

Salió a la terraza y se apoyó en la baranda de piedra. Apenas había luna, pero la iluminación artificial del jardín era una verdadera maravilla.

El aire de la noche era fresco y Susan se arrebujó en la chaqueta, y disfrutando del aroma de las rosas, intentó poner sus emociones bajo control. El gesto de Jake, poniendo su dibujo en aquel marco, a punto había estado de hacerla llorar. ¿Por qué habría elegido precisamente el marco con la fotografía de Tatiana?

Seguramente se habría llevado la foto a un lugar más privado, a su dormitorio. Cerró los ojos y tragó saliva. Aun así, el reconocimiento a su dibujo la conmovía.

Una música suave llegó a sus oídos desde el interior de la casa, y se volvió a mirar. Justo en aquel instante, Jake pasaba por la puerta del patio. Su rostro quedaba en sombras, pues la luz quedaba situada a su espalda, pero aun así presintió que sonreía.

–Hola –dijo, acercándose a ella.

–Hola.

«¿Por qué siempre tienes que estar tan guapo?», se quejó en silencio. Llevaba unos sencillos pantalones color beis y una camiseta de color gris. La sonrisa le hacía brillar los ojos y dibujaba unos encantadores hoyuelos en sus mejillas. A cada paso que daba él para acercarse, la respiración de Susan se aceleraba. Tenía que controlarse como fuera, y miró hacia otro lado.

–Bueno... ¿ya has terminado con esa llamada?

¡Qué pregunta más idiota!

–Hace unos quince minutos –contestó, apoyándose en la barandilla–. Temía que te hubieses ido a dormir, pero una camarera me ha dicho que te había visto venir hacia aquí.

Aquella sonrisa le estaba despedazando el corazón.

–¿Querías que nos reuniésemos hoy? Creía que habíamos dicho que...

–No –la interrumpió–. Nada de reuniones. Quería hablar contigo.

–¿Hablar? –preguntó con incertidumbre–. ¿Sobre qué?

Jake apoyó las manos en la barandilla y rozó sus dedos, pero ella se apartó inmediatamente.

–Solo hablar, Susan. Supongo que debes haberlo hecho más veces, ¿no?

Susan sentía un tremendo torbellino de sensaciones. Había sido muy atento con ella durante todo el día, en el ámbito estrictamente profesional, pero aquella noche había algo distinto en su comportamiento. El olor de su colonia la rodeaba de un modo que nada tenía que ver con las esmeraldas.

Qué tontería. ¿Un olor con ideas propias? ¡Bah!

—Ah, ya... sí, creo que he oído hablar alguna vez de eso —dijo, intentando mantener un tono despreocupado—. Pues ya que has sacado tú el tema, tú empiezas.

Él se echó a reír, y Susan no pudo dejar de contagiarse.

—¿Qué es lo que encuentras tan divertido?

Él meneó la cabeza.

—He cambiado de opinión —dijo, y tiró suavemente de su mano—. Me apetece más bailar.

Y Susan se encontró pegada a él, moviéndose al ritmo de una conocida canción. Era un tema que siempre le había gustado, pero que el aquel momento detestó. Lo único que le faltaba era colocarse al borde del precipicio en los brazos de Jake y al ritmo de aquella música tan claramente concebida para enamorarse que sintió deseos de echarse a llorar.

—Yo... eh... no me gusta demasiado bailar —mintió.

Pero él la empujó suavemente por la cintura.

—Entonces, ¿por qué lo haces tan bien? —preguntó, rozando su sien con los labios.

Ella cerró los ojos e intentó contar hasta diez para no perder la compostura.

–Voy a proponerte algo –dijo él, y Susan perdió la cuenta. Volvió a empezar–. ¿Por qué no me haces a mí lo mismo que le has hecho al rey George?

Abrió los ojos y abandonó definitivamente la aritmética.

–¿Qué?

Estaba un poco aturdida. ¿Cómo pretendía aquel hombre que fuese capaz de llevar adelante una conversación estando pegado a ella de ese modo?

–Me refiero a que utilices la misma clase de cura que usaste con mi padre para que dejase de darte la lata con el ajedrez –explicó–. Baila conmigo hasta que quede tan deslumbrado por tu genio que nunca vuelva a pedírtelo.

Susan lo miró. Con la luz del jardín, sus ojos habían adquirido un brillo distinto, especial. Nunca había tenido ante sí una imagen tan erótica y su cuerpo reaccionó violentamente, dolorosamente. Un segundo más en aquel hechizo y perdería la capacidad de razonar.

–¿Por qué me haces esto? –le preguntó casi sin voz. Tenía los ojos llenos de lágrimas–. ¿Tan aburrida es la vida en esta isla que disfrutas poniéndome en situaciones embarazosas?

Jake se quedó inmóvil al instante.

–No, por Dios...

Parecía sorprendido y Susan se tragó las lágrimas para mirarlo a los ojos.

–Eso jamás, Susan –susurró él con solemnidad–. Jamás he pretendido que te sintieras incómoda. Solo trataba de... ¿tan descabellada es la idea de que quiera bailar contigo, o de que disfrute con tu compañía?

Ella lo miró en busca de sarcasmo, pero no lo encontró. Aun así, era una locura pensar que...

«Un momento», se dijo. «Ha dicho que disfruta de tu compañía, nada más. ¿Qué tiene eso de malo? ¿Que por el hecho de ser Jake no puede ser cierto que disfrute de tu compañía? ¿De verdad no vas a ser capaz de bailar con él? ¡Por supuesto que sí!

Se irguió, respiró hondo y lo miró a los ojos. Ella no era su perfecta y querida Tatiana, pero tampoco un fardo que se hubiera encontrado bajo un puente.

–No, no lo es, Jake. Supongo que es que yo...

–¿Que tú me debes una?

Ella frunció el ceño.

–¿Qué?

–Yo accedí a luchar contigo en el bosque, así que ahora tú tienes que bailar conmigo. Eso es lo que ibas a decir, ¿verdad?

Susan se aclaró la garganta intentando

no mostrar lo afectada que estaba por su cercanía. Bailar con Jake era una experiencia puramente sensual de la que cualquier mujer disfrutaría. Sentía arder la piel donde él la tocaba, dejándola débil y queriendo más.

–¿No es lo justo? –susurró él con insistencia.

Susan no quería separarse de él, así que se rindió y asintió.

–Bien –susurró él sobre su pelo, y cuando sus labios le rozaron la frente, tuvo la impresión de que la había besado.

Los días que siguieron a aquel encuentro fueron bastante difíciles para Susan. No podía dejar de imaginar cómo serían las cosas si le hubiera dicho que sí a Jake. Se pasaba las noches soñando con tener un niño en los brazos, una réplica en pequeño de Jake. Y el hombre al que amaba estaba a su lado, mirándola con absoluta devoción.

Cuando no estaba dormida, soñaba con estar en sus brazos, con hacerle el amor, con besarlo tiernamente y acariciarlo con atrevimiento. Llegó a tal punto que incluso deseó jugar al ajedrez con George, con tal de intentar quitarse todo aquello de la cabeza.

Él no había hablado de amor, ni había vuelto a mencionar el matrimonio. Su comportamiento cuando estaba con ella, su cercanía, parecían completamente profesionales, pero su antena femenina permanecía alerta. No importaba que Jake le hablase de barrenas y berilio; nadie podría convencerla de que Jake Merit no estaba emitiendo una fuerte señal masculina de interés.

Pero ¿interés en qué? En una aventura sexual que la dejase a ella vulnerable, tanto emocional como profesionalmente. La verdad era que, a medida que iba pasando el tiempo, lamentaba más no haberse casado cuando se lo propuso. Aunque había tomado la decisión correcta, no podía dejar de preguntarse qué habría ocurrido y a quién había hecho daño de verdad.

Jake era un hombre atractivo, encantador, de genio brillante y, sobre todo, sexy. ¿No habría sido capaz de amar a un hombre así durante toda la vida? Odiaba pensar que había cometido un error mayúsculo. Ninguno de sus anteriores prometidos la consumía totalmente de necesidad como Jake con tan solo entrar en una habitación.

Suspiró profundamente y se levantó de la tumbona del dormitorio. La biografía que había elegido no la estaba ayudando a dormir. Seguramente era más culpa suya que del libro. Lo dejó sobre la silla y miró el reloj. Las dos y media.

–Estupendo, Susan –murmuró–. Tienes que levantarte dentro de cuatro horas y media, y vas a parecer un esperpento.

Se echó un vistazo en el espejo para confirmarlo. Tenía el pelo revuelto y al pasarse las manos solo consiguió alborotárselo más. Ladeando la cabeza, compuso una mueca seductora como si quien estuviese en la luna fuese Jake y no su propio reflejo.

–Ven a buscarme –le susurró.

Pero dio media vuelta y se colocó la bata blanca de felpa y las zapatillas.

–Necesito... –no sabía cómo poner en palabras lo que necesitaba– necesito estar muy muy... muy lejos de aquí –masculló, saliendo de su habitación.

Sabía que había perdido la cabeza, pero eso estaba bien. Necesitaba perderla. Necesitaba un alivio. Por eso salió sin pensar. El cerebro no había sido más que un gran fastidio en las últimas semanas, ya que, por mucho que intentase evitar que se saliera de las pautas marcadas, su mente se empeñaba en desviarse hacia temas tórridos que estaban fuera de su alcance...

Jake.

Precisamente lo que a él le rondara por la cabeza era lo que la estaba agotando. Si quería acostarse con ella, ¿por qué no se lo decía a la cara para que ella pudiera abofetearlo y mandarlo a... a... bueno, adonde fuera?

Porque no tenía intención de dejarse seducir. Y no es que no lo hubiera pensado por lo menos unas cien veces, pero sabía que si cedía, el recuerdo de sus besos y de sus caricias se quedaría grabado en su corazón para siempre... lo mismo que la vergüenza de sí misma, de su debilidad, y de él, por no ser el hombre de principios que ella creía que era.

Quizás esa fuese la peor parte. No quería que Jake pudiese llegar a demostrar que no se merecía el pedestal en el que lo había colocado. No quería haberse equivocado con él. Ella lo deseaba, pero no quería que él la desease a ella. Al menos, no solo para una noche.

Se rio como una loca mientras avanzaba entre árboles y por una senda rocosa. Amaba a Jake Merit, y sabía que él nunca podría llegar a quererla. Conocer a Jake en toda su extensión era lo que más deseaba en el mundo, pero al mismo tiempo no podía soportar la idea de verlo caer, o de tomar parte activa en la caída.

Se detuvo en un pequeño claro. Había llegado al mismo lugar desde el que había dibujado al viejo rey George. Seguía sin querer pensar, así que corrió pendiente abajo hasta donde aquella lengua de granito se adentraba en el mar. Le pareció un buen sitio en el que sentarse y no pensar.

Sus ojos se habían acostumbrado a la oscuridad y veía perfectamente, a pesar de que las zapatillas de felpa no eran el mejor calzado para caminar sobre la roca. Para alcanzar la roca grande y plana en la que George se había sentado tuvo que bordear una peña áspera, y estaba a un par de metros de su objetivo cuando una piedra suelta la hizo resbalar. Intentó echarse hacia el lado contrario para compensar el súbito desequilibrio, y de pronto se encontró en el aire, cayendo de espalda. Con los brazos extendidos, intentando inútilmente recuperar el equilibrio, cayó al agua.

Al principio se hundió, pero enseguida volvió a salir a flote. El principal impedimento era la bata, que penaba un quintal, empapada de agua. Tiró del cinturón y se la quitó mientras nadaba hacia la orilla. Las zapatillas habían pasado a la historia, aunque vio una de ellas flotando en la superficie, pero no se detuvo a recuperarla. El agua estaba helada y tenía que salir de allí cuando antes.

Escupiendo agua salada, se fue acercando hacia el acantilado. De pronto sintió que algo le impedía mover las piernas. El pantalón del pijama se le había bajado hasta las rodillas, y de un par de patadas, dejaron de ser un problema.

Tosiendo y escupiendo, alcanzó la roca resbaladiza. Sus dos primeros intentos resultaron fallidos, pero al final, helada, consiguió apoyar el pie en algo sólido. Gimiendo de dolor porque se había golpeado, consiguió asirse a un afloramiento en la roca por encima del nivel del agua. Tenía los dedos rígidos y temblaba violentamente, pero consiguió sujetarse.

Murmurando contra su propia estupidez, empezó a ascender, temiendo que los violentos temblores del cuerpo le hicieran soltarse y volver a caer al mar.

Algo caliente la sujetó por la muñeca y levantó inmediatamente la mirada. Aunque tenía la visión borrosa por la sal, no podía confundir la silueta que tenía frente a ella. Jake estaba arrodillado en la roca, el rostro desdibujado por la preocupación. Había extendido un brazo y la sujetaba por la muñeca.

–¿Jake? –dijo con voz ronca.

Él la ayudó a subir. Una vez estuvo en la roca, Susan cayó de rodillas. Temblaba demasiado para poder estar en pie. Jake le apartó el pelo de los ojos.

–Estás helada –murmuró–. Tienes que quitarte esa chaqueta empapada.

Su cuerpo no dejaba de temblar, y cuando sintió que sus manos le rozaban los pechos al desabrocharle la chaqueta del pijama, comprendió lo que pretendía hacer e instintivamente le dio una palmada en la mano.

–¿Qué... qu–qué v–vas a...

–Cállate –murmuró–. Ya habrá otro momento para ser tímida.

Con un gemido de frustración, le quitó la chaqueta de un tirón. La noche estaba oscura y apenas podía ver su cara, pero sintió sus ojos sobre ella.

–Dios... –le oyó susurrar.

Con los brazos temblando, intentó cubrirse.

–No... –gimió, azorada.

Aquel ruego casi ni pronunciado tuvo su efecto, porque él tomó su cara entre las manos y le apartó el pelo empapado.

–¿Puedes ponerte de pie? –le preguntó con suavidad.

Aún temblando violentamente, se apartó de él y asintió. Sujetándose con todas sus fuerzas sobre unas piernas que parecían haber perdido la firmeza, se arropó con la manta o lo que fuera que Jake había usado para cubrirla. Pero al dar un paso, sintió que algo la hacía tropezar.

–Maldita ea –masculló Jake, abrazándola–. Es el fleco –murmuró.

Ella lo miró aturdida.

–¿El fl–fleco?

–Es que es lo primero que he podido encontrar –antes de continuar, la tomó en brazos–. No tenía tiempo de buscar otra cosa.

Susan contuvo la respiración, resistiéndose al deseo de rodearle el cuello con los brazos y apoyar la cabeza en su hombro.

Sus temblores fueron cediendo poco a poco. Tenía que pensar en otra cosa que no fuese Jake, así que se miró para ver lo que había traído para taparla. Desde luego, no era una manta.

–¿Qué es esto?

–Un tapiz.

Jake bajó de las rocas a la orilla de piedras.

–¿Un tapiz de la pared? ¿Llevo puesto un cuadro?

Él no sonrió, pero la severidad de su expresión se suavizó un poco.

–Podría haber sido peor. Al menos, he arrancado de la pared uno de seda.

Ella lo miró avergonzada. Empezaba a comprender hasta dónde llegaba su humillación.

–¿Y... y cómo es que es–estabas ahí con

un tapiz de seda a las dos y media de la madrugada?

Ojalá fuese alguna especie de ritual de los millonarios.. algo que tuviese que ver con el otoño que se acercaba, o con los dividendos, o lo que fuera...

—¿Quieres la verdad, o prefieres la versión con sacarina?

—La segunda —contestó con una mueca—. No estoy para nada más ahora.

Él esbozó una sonrisa.

—Está bien. Estaba dormido cuando recibí una llamada de seguridad...

—¡Seguridad! —se había olvidado de las malditas cámaras—. ¡Chivatos!

—Se los paga para eso, Susan. Me dijeron que te habían visto caer y que sería menos embarazoso para ti que fuese yo quien viniera a sacarte.

—¿Que vinieras tú a quitarme la poca ropa que me quedaba sería menos embarazoso que qué?

—Menos que si hubieran sido oficiales armados y uniformados —contestó mirándola a los ojos—. Y la manta no habría sido de seda.

Se quedaron mirándose el uno al otro y Jake dejó de andar.

—¿Qué demonios estabas haciendo, Susan? —quiso saber—. ¿En qué estabas pesando?

Se sentía absolutamente ridícula. Incapaz de seguir mirándolo a los ojos, bajó la cabeza y se encogió de hombros.

–No pensaba en nada –dijo al final con un suspiro–. Estoy cansada de pensar. No quería pensar. Quería... quería...

Sacó una mano del capullo de seda en el que estaba envuelta y se apartó un mechón de pelo empapado.

–No sé –admitió–. Es complicado.

–Hay quien piensa que soy un chico listo –ofreció–. Quizás podría ayudarte.

La brisa de la noche le movía suavemente el pelo, y Susan devoró su cara con la mirada. «Sí, podrías ayudarme, Jake», pensó con tristeza. «Tú eres la única persona en el mundo que podría ayudarme. Dime que me quieres, y todo volverá a estar bien».

–No... no creo, pero gracias de todos modos.

Él sonrió con tristeza.

–A estas alturas ya debería haberme acostumbrado a tus rechazos.

Parecía molesto. ¿Podía culparlo por ello? Había tenido que abandonar una cama caliente para acudir a rescatarla de su propia estupidez, y ni siquiera le había dicho por qué.

–Eres un cliente, Jake, no mi psicólogo –dijo–. Y por favor, no me digas que es un de los servicios que ofreces, porque ya te he causado bastantes molestias por una noche.

Tras una pausa llena de tensión, él asintió, pero Susan sintió que estaba exasperado. Y no podía hacer nada por evitarlo. Nada en el mundo podría arrancarle la verdad; además, era una verdad que él sería la última persona en querer saber.

Mientras caminaban, reparó por primera vez en que no llevaba camisa, y antes de darse cuenta, bajó aun más la mirada. Llevaba unos pantalones negros cortos.

—¿Qué esperabas? —le preguntó él.

Ella elevó inmediatamente la mirada.

—¿Esperar?

—¿Temías que estuviera desnudo?

Sus mejillas enrojecieron y, por primera vez, lo agradeció, ya que tenía tanto frío hacía un momento que no creía que le quedase sangre en las venas.

—Yo... yo no... ¡no se me había ocurrido pensar algo así!

No estaba convencida de ello, pero claro, no iba a decírselo.

Él enarcó una sola ceja en señal de escepticismo.

—¿Crees que debería disculparme por haber perdido tiempo en ponerme unos pantalones?

¿Es que dormía desnudo? La imagen que

se le apareció ante los ojos le ardió después en las mejillas.

–En lo que a mí respecta, ha sido un tiempo bien empleado –replicó, más enfadada consigo misma que con él. Lo que llevara o no llevara puesto no era asunto suyo–. Y ya que hablamos de pijamas, no creo que fuese necesario que me rompieras el mío.

¿Y por qué demonios tenía que haber sacado el tema? Las mejillas le iban a echar llamaradas de un momento a otro.

–Si te sientes mejor te diré que estaba muy oscuro para ver... demasiado.

–Pues no sé por qué, pero no me suena mucho a disculpa.

Pero él no se dio por aludido. Es más, no dejó de mirarla.

–Y siento que hubiese tan poca luz –añadió en voz baja.

Ella se quedó boquiabierta.

–¿Cómo dices?

–¿Preferirías que mintiera?

–¡Pues sí! –quería sentirse ultrajada, pero una parte de sí misma se sentía todo lo contrario... una estúpida parte de sí misma–. Mira, Jake... –dijo, revolviéndose en sus brazos por temor a hacer algo que después lamentase durante el resto de sus días–, bájame. Te agradezco mucho lo que has hecho, pero a partir de aquí puedo seguir yo sola.

Jake dejó vagar la mirada un instante antes de volverse a ella.

—Ya sé que puedes seguir sola, Susan —le dijo—, pero yo no. Ya no —añadió en voz baja.

Susan lo observaba perpleja. En los últimos minutos había dicho unas cuantas cosas desconcertantes. ¿Qué estaba pasando?

Con una sonrisa cargada de melancolía, la dejó sobre sus pies y, con una extraordinaria ternura, la arropó bien con el tapiz de seda. Un estremecimiento tras otro sacudió el cuerpo de Susan tras el breve roce de sus manos y hubo un momento de inmovilidad absoluta en el que se miraron el uno al otro a los ojos.

—Jake... —le preguntó al final—, háblame.

Él sonrió de medio lado y su expresión resultó sorprendentemente triste.

—Cásate conmigo, Susan —dijo, y se acercó su mano a los labios— Me haces sonreír... muy adentro. Hacía años que no sentía una cosa así, y por ese regalo tan maravilloso, haré todo lo posible por hacerte feliz. Nunca te mentiré, y te daré un hogar, hijos y fidelidad. Porque tú quieres tener tu propio hogar e hijos... ¿verdad?

Susan no podía contestar. Se había quedado muda. Sentía un cosquilleo en el lugar en que la había besado. No se esperaba algo así... y mucho menos después de haberlo rechazado. Que le ofreciera una aventura, sí, pero no aquello. ¡No matrimonio!

Jake deslizó las manos por sus brazos y se detuvo justo por encima de los codos.

—No tienes que contestarme ahora —le dijo, intentando sonreír—, pero por favor, hazme el honor de pensarlo un poco... ¿de acuerdo?

Ella no podía moverse, no podía hablar.

Jake miró hacia otro lado e intentó cobrar fuerzas para volver a sonreír. Darse cuenta de lo arduo que era para él seguir adelante con su vida, y lo difícil que se lo estaba poniendo su silencio, le llenó los ojos de lágrimas.

—Sé que no esperabas que te pidieran en matrimonio estando empapada y envuelta con un adorno de la pared. Sé que debería haber esperado... haber pensado en una forma romántica de hacerlo.

Susan tragó saliva. Tenía la garganta tan seca como la arena del desierto. ¡Ella no necesitaba romanticismos, sino a él! ¿Se atrevería a creer que un matrimonio construido sobre otra cosa que no fuese un amor mutuo y profundo podía funcionar?

Él señaló hacia la casa.

—Te acompaño.

—No.

El sonido de su propia voz la sobresaltó.

—¿No quieres que vaya contigo?

—No, no es eso. Sí. Vámonos a casa.

¿Por qué habría dicho que no? ¿Sería su último resto de cordura intentando protegerla?

—Entonces, ¿a qué respondías con ese no? —preguntó Jake, y al verle tragar saliva con nerviosismo, el corazón se le derritió. Jake Merit había hecho su proposición en serio. Había reflexionado y, por alguna extraña y maravillosa razón, estaba dispuesto a comprometerse.

¡A comprometerse con ella!

Susan movió la cabeza con incredulidad.

—¿No? —repitió él, desanimado—. ¿Ni siquiera vas a pensártelo? ¿De verdad no quieres darte un poco de tiempo?

No había mencionado nada sobre el amor. No la quería. Tatiana seguía llenando su corazón. En eso no había cambiado, pero esta vez tenía la sensación de que de verdad quería dar un paso hacia delante, volver a entrar en el reino de los vivos.

«¡Susan! ¡Susan!», le gritó una voz interior. «¡No te rindas! ¡Recuerda por qué le dijiste que no la primera vez! ¡No olvides que...! ¡Cállate! ¡Yo quiero a este hombre!

¡Llevo queriéndolo demasiado tiempo para rechazarlo una segunda vez!».

No tenía elección. Jake Merit era su único y verdadero amor, y tanto si ella estaba en su corazón como si no, él llevaba años siendo dueño del suyo. Aceptaría ser su mujer y le daría con suma alegría los hijos que deseaba... que los dos deseaban. Las lágrimas terminaron por desbordar sus ojos. Su amor por él tendría que bastar.

—No necesito pensarlo más, Jake —susurró.

Él frunció el ceño y miró hacia otro lado.

—Comprendo.

Susan tomó su cara entre las manos y lo hizo mirarla.

—No, no lo comprendes.

CAPÍTULO 8

Jake se sorprendió al sentir las manos de Susan. No estaba acostumbrado a perder, pero en aquellas ocasiones en que sobrevenía la derrota, solía aceptarla con más aplomo del que estaba mostrando en aquel momento. Con la sensación de haber recibido un puñetazo en el estómago, la miró a los ojos.

La noche los rodeaba como un manto negro, pero no tuvo dificultades para distinguir sus facciones. No podía ver sus pechos, ni decir si estaba ruborizada, pero lo sorprendió descubrir que sonreía y que las lágrimas le brillaban en los ojos. Parpadeó, y una gota plateada resbaló por su mejilla.

—Mi respuesta es sí, Jake —susurró—. Quiero casarme contigo.

Jake no podía creer lo que estaba oyendo. La sonrisa era razonable, ¿pero y las lágrimas?

—¿De verdad?— no podía creer en su buena suerte. Otra lágrima se unió a la primera y sintió un nudo en el estómago. Susan había aceptado, pero aquel no era el cuento de hadas, la experiencia maravillosa con la

161

que debía de haber soñado. Las mujeres esperaban que se las pidiera en matrimonio de un modo especial. ¡Maldición! Por su precipitación, la había privado de todo aquello–. ¿Estás segura de que es lo que quieres? –preguntó.

Ella asintió.

–Te daré una familia, Jake. Me encantan los niños –tragó saliva y bajó la mirada–. Y haré todo lo que esté en mis manos para que seas feliz.

Una urgencia inexplicable se apoderó de él y la abrazó con intención de besarla.

Pero ella, en lugar de ofrecerle la boca, giró la cabeza y le ofreció la mejilla. Lo había hecho en el último momento, y él también dudó, pero al final la besó en la mejilla.

Fue una desilusión. Claro, todo aquello era demasiado nuevo, demasiado artificial para ella. Había dicho que le daría la familia que él deseaba, así que había aceptado que su matrimonio iba a ser como todos los demás, con la intimidad física que requería la concepción de los hijos. Solamente necesitaba algo más de tiempo para acostumbrarse a la idea. Al fin y al cabo, diez minutos antes tenía tan poca idea de que iba a pedirle que se casara con él como de que iba a aparecer para sacarla del agua. La verdad es que él tampoco lo sabía.

Sin dejar de abrazarla, se permitió una breve y melancólica sonrisa y luego la besó en lo alto de la cabeza.

–No te preocupes, Susan –dijo el voz baja–. Va a salir bien –añadió, mirándola a la cara–. Lo sé –con el pulgar, secó una de sus lágrimas y de mala gana, dejó de abrazarla–. Será mejor que volvamos –el tapiz se le había resbalado de un hombro y él se lo subió, rozando al hacerlo su hombro. La reacción que experimentó en su propio cuerpo fue inesperada y poderosa–. Nos espera un... –la voz le había salido como el chirriar de una oxidada puerta de hierro, así que se aclaró la garganta–. Nos espera todo un día de perforación, Susan, y los dos necesitamos dormir –dijo, pasándole un brazo por los hombros–. Ten cuidado con el fleco –añadió.

El olor de Susan era tan particular que, aun mezclado con el agua salada y el del tapiz, sintió que la sangre se le calentaba. Era increíble cómo lo hacía sentir. No esperaba volver a sentir algo parecido a lo que...

–¿Cuándo? –preguntó ella, apartándolo de sus pensamientos.

Él se acercó un poco más. Apenas había oído la pregunta.

–¿Cuándo qué?

–Cuándo crees que vamos a casarnos.

Qué idiota. Porque ella hubiera accedido a casarse con él, no todo estaba arreglado. ¡Tenía que dejar de pensar en cómo sentía su cuerpo pegado al costado, o en su olor!

—Pronto, espero.

Ella miró hacia otro lado.

—El viernes es mi último día de trabajo.

—¿Qué te parece el sábado?

Sin mirarlo siquiera, asintió.

Al día siguiente a la hora del desayuno, Jake y Susan le revelaron la noticia al rey George. Apenas cinco minutos después, hasta la última persona de servicio de la casa y hasta el minero cuyo puesto de trabajo quedaba más alejado se había enterado y enarcaba las cejas con cara de sorpresa.

Susan llamó a sus padres, que vivían retirados en Florida, y a su hermana, Yvette, que vivía en Kansas con su marido y sus tres hijos. En eso consistía su lista de invitados, además de su jefe, Ed Sharp, y unos cuantos amigos en Portland.

Aquella resultó ser la semana más rara y más agotadora de su vida, entre la perforación, el examen de las tierras, la recopilación de muestras... y los preparativos de la boda.

La ceremonia sería íntima y tendría lugar

en el salón de la mansión. Jake hizo venir a una diseñadora amiga suya de Nueva York para que ayudase a Susan con lo del vestido, y las dos se pasaron encerradas varios días mientras su vestido de novia, elegante pero muy sencillo, se confeccionaba con montones de metros de seda tejida a mano color marfil y encaje francés.

Susan tenía que reconocer que, si Jake quería una boda, sabía cómo organizarla. Se pasó la mayor parte de su limitado tiempo de preparativos asintiendo, sorprendida por el esplendor que un exceso de dinero podía producir en pocos días, de modo que Susan encontró muy poco de lo que quejarse.

Excepto... excepto de Jake. No es que pudiera quejarse de él personalmente. Seguía siendo atento, encantador, incluso entrañable en determinados momentos, estando siempre dispuesto a escuchar sus preocupaciones sobre que los preparativos de la boda, a pesar del equipo de profesionales que se ocupaban de todo, terminasen por salirse fuera de control. A lo que él siempre le contestaba, con una sonrisa indulgente, que ella tenía la última palabra en todo. Cualquier cosa que no le gustase o que quisiera cambiar, no tenía más que decirlo.

No había tenido que ponerlo a prueba

más que en un par de ocasiones, pero había podido comprobar que su palabra era ley. Fue precisamente durante aquellos días cuando empezó a darse cuenta de lo que supondría ser la esposa de Jake Merit. Cada vez que entraba en una habitación, todo el que estuviera en ella dejaba inmediatamente lo que estuviera haciendo para prestarle atención o para satisfacer sus deseos. Aquella nueva autoridad como prometida de Jake era tan absoluta que casi le daba miedo.

El miércoles, el jueves y el viernes desaparecieron en un abrir y cerrar de ojos. En varias ocasiones había intentado decirle a Jake lo de Yvette, y que ya se conocían de antes, pero sabía que en cuanto la viera, la recordaría. El problema es que no tuvieron ni un minuto a solas.

El sábado Susan despertó con la sensación de estar viviendo en un mundo irreal. Aquel día, 1 de septiembre, iba a casarse. En cuestión de horas estaría casada con Jake Merit, el hombre de sus sueños. Se incorporó en la cama con intención de levantarse, pero al desperezarse por completo sintió una tremenda tristeza y volvió a tumbarse en la cama para mirar al techo. Aquel debía ser el día más feliz de su vida y, sin embargo, una tristeza irreductible no dejaba de asediarla.

—Te quiero, Jake —murmuró. Ojalá su relación fuese tal que pudiera decírselo frente a frente. Ni siquiera se habían besado. Desde luego por culpa de ella, pero eso tendría que cambiar y rápido. Dentro de muy poco sería su esposa, y le había prometido hijos. Con su sincera proposición, Jake le había dado más de lo que ella se había atrevido a esperar. ¿Cuánto podía significar un corazón perdido?

—Todo... —sollozó.

—Toc, toc...

Una voz familiar de mujer le llegó a los oídos, seguida por una llamada con los nudillos a la puerta.

—¿Yvette? —preguntó, incorporándose rápidamente y secándose los ojos.

—Sí, y mamá también está aquí. ¿Estás visible, Susu?

—¡Claro! —apartó la ropa de la cama y se levantó—. ¡Pasad!

La puerta se abrió cuando Susan se acercaba ya a recibirlas.

—¡Mamá! —abrazó a Ida Jean O'Conner con toda su fuerza y después se volvió a su hermana—. ¡Vetie!

—¡Así que le guardas en secreto a tu hermana que te has ganado al soltero más codiciado de Maine! —se quejó, dándole un azote—. ¡Qué vergüenza!

Las dos hermanas se abrazaron y se besaron,

–¡Quiero que me lo cuentes absolutamente todo!

Susan enrojeció. Si Yvette supiera qué poco había que contar, se sorprendería.

–Vetie –la reprendió su madre–, no le des la lata a tu hermana con cosas que no son asunto tuyo.

Susan soltó a su hermana e involuntariamente se tiró de la camiseta con la que había dormido desde el incidente del mar.

–Llegáis antes de lo previsto, ¿no? –preguntó–. ¿Dónde está papá?

–Ya sabes: inspeccionando la habitación –contestó Yvette–. Contando las toallas, asegurándose de que haya jabón...Ya lo conoces.

Susan sonrió. A Chester O'Conner nunca le había gustado viajar.

–Tengo la sensación de que las habitaciones de la mansión Merit saldrán bien paradas de su inspección.

–Pues si no es así, supongo que serás consciente de que la boda habrá que cancelarla, ¿verdad? –bromeó Yvette–. Recuerda la que montó cuando supo que mi Frankie no apretaba el tubo de la pasta de dientes desde abajo.

E hizo como que la estrangulaban. Las dos hermanas se echaron a reír.

—Vamos, chicas... —Ida Jean tomó sus manos para que entrasen más en la habitación—. Tenemos cosas que hacer, así que dejad en paz a vuestro padre.

—¿Qué podemos hacer tu hermana y yo para ayudarte a prepararte, Susan?

—¡Ah! —Yvette chasqueó los dedos—. Antes de que se me olvide, Jake me ha dado un mensaje para ti.

Susan sintió un escalofrío de aprensión.

—¿Lo... lo has visto?

Yvette se puso en jarras.

—Claro que lo he visto. Nos ha recibido al llegar. Está tan guapo como siempre —suspiró—. Entonces no lo sabía, pero cuando nos encontramos en Francia él ya había conocido a Tatiana...

Y siguió hablando sin darse cuenta de que Susan tenía que hacer un esfuerzo por poner sus emociones bajo control. Se había esforzado por olvidar a Tatiana, pero parecía que su propia familia conspiraba contra ella.

—Las pocas veces en que me invitó a ir con él a fiestas, era solo porque necesitaba una acompañante —Yvette se encogió de hombros—. Ya se había enamorado de Tatiana, así que yo solo era alguien para llevar del brazo. De todas formas, salir con Jake me vino de perlas para... —al ver la expresión de Susan, calló de inmediato–. Ay... lo siento, Susu. No pretendía... Lo que quiero decir es que Tatiana es el pasado. ¡El pasado lejano! –la mirada de Yvette volvió a brillar–. Jake va a casarse contigo.

Susan se esforzó por sonreír.

–¿Qué.. qué mensaje te ha dado Jake para mí?

Yvette frunció el ceño.

–¿Mensaje?

Susan movió despacio la cabeza. Su hermana era una mujer encantadora, rubia y de aspecto frágil, sin una sola peca que estropease su cutis perfecto, viva imagen del de su madre. Ella, por el contrario, era más alta que ellas dos, y tenía el pelo castaño de su padre y las pecas. Nunca antes lo había pensado, pero su hermana poseía una belleza delicada del mismo estilo que la de Tatiana.

–Vetie –le recordó–, antes me has dicho que Jake te ha dado un mensaje para mí.

–Ah, sí –se rio–. Qué tonta. Me pidió que te dijera que había recordado quién solía llamarlo «mandón» –frunció el ceño–. Me ha dado la impresión de que se sorprendía al verme. ¿Es que no sabe que somos hermanas?

–Ahora ya lo sabe –contestó–. ¿Algo más?

No creía que eso pudiera afectar para nada a la boda, pero...

Yvette negó con la cabeza.

–No... ah, sí. Me dijo «dile a Susan que tenemos una cita a las cuatro. Suele olvidarse de que se casa» –Yvette le dio con el codo en las costillas–. Supongo que eso quiere decir que le has contado unas cuantas cosas, ¿eh? Pero no me ha parecido que temiese que fueras a huir de él –le guiñó un ojo y se acercó más para invitarla a la confidencia–. ¿Me dejas que adivine por qué?

–¡Vetie! –exclamó Ida Jean–. Eres incorregible. Mira a tu hermana. ¡Está roja como un tomate! –Ida Jean abrazó a su hija más pequeña y la alejó de su hermana–. Tienes que vestirte, querida. Jake ha dicho que tenía ya el desayuno dispuesto. Yvette y yo estamos aquí para hacer lo que necesites. Nos han alojado en una suite del ala norte.

–¿Ah, sí? –preguntó, esperanzada–. ¿Vais a quedaros unos días?

–No, cariño. La habitación es solo para descansar y para cambiarnos de ropa –dijo, acariciando la mejilla de su hija–. Además, después de la boda, Jake y tú estaréis de luna de miel, y no querrás que tus padres anden por aquí.

Imágenes de Jake y ella haciendo... bueno, cosas de luna de miel, se le materializaron ante los ojos. ¿De verdad se atrevería a esperar que su luna de miel estuviese a la altura de sus fantasías?

–Nosotros... –carraspeó– no vamos a irnos a ninguna parte.

Ida Jean se echó a reír.

–Bueno... qué más da. Esta noche, tu padre y yo nos iremos a Wichita con Yvette para ver a nuestros nietos. Deben de haber crecido como hierbas desde Navidad –hizo un mohín como si pensara–. ¿Qué estaba diciendo yo? Ah, sí. Estaba a punto de decir que, cuando hayas comido y estés preparada para empezar, nos llames a la habitación. ¿De acuerdo?

Susan asintió.

–De acuerdo, mamá.

–Por cierto, Jake ha dicho que iba a salir de la isla unas cuantas horas. Podrás comer con nosotros y con el padre de Jake, un hombre encantador por cierto, para comer sin peligro de ver a tu prometido.

–¿Jake se va a marchar? –el que hubiesen calificado a George de encantador la había descuadrado–. ¿Por qué? ¿Qué va a hacer?

–No va a escaparse, si eso es lo que te preocupa –contestó Yvette, riéndose–. Estoy deseando ver el pedrusco que te pone en el dedo, Susu –dijo, exponiendo el suyo para que lo vieran–. Me temo que me voy a morir de envidia.

Susan sonrió ante la pantomima de su hermana. Yvette estaba bromeando. Su marido, Frank Moore, mayor del ejército del Aire, y ella eran la pareja perfecta. Yvette habría estado dispuesta a llevar un alambre en el dedo con tal de que se lo hubiera dado él. Susan inspiró profundamente, conteniendo una punzada de envidia.

Así que Jake quería escoger un anillo de boda para ella... era una noticia que no le causaba demasiado impacto. No le importaba que pudiera ser el mejor anillo del mundo, ya que sería un pobre sustituto de lo que ella verdaderamente necesitaba.

Si él supiera, o si le importase, que tan solo una mirada de amor suya sería todo un mundo para ella...

—¿Querías verme, papá? —preguntó Jake desde la puerta del despacho de su padre. Decorado en madera oscura y cuero, el lugar le recordaba a uno de esos rancios clubes ingleses del siglo xix. La habitación parecía aún más oscura por los metros y metros de cortinajes de terciopelo rojo que siempre tapaban las ventanas.

El viejo tirano estaba de espaldas a Jake, sacando algo de una caja fuerte del tamaño de un armario encastrada en la pared. Tras hacer girar la rueda varias veces, abrió la puerta con la llave.

–Hijo mío –dijo, volviéndose con una sonrisa–. ¿Te acuerdas de esto? –le preguntó, mostrándole una caja grande de terciopelo verde.

Jake asintió.

–Son las joyas de mamá.

George se acercó a la mesa labrada sobre la que tenía dispuesto un ajedrez de jade hecho a mano, y tras dejarla sobre ella con una reverencia que Jake no le había visto desde la muerte de su madre, abrió la tapa e hizo un gesto a su hijo para que se acercara.

–Ven aquí, muchacho.

Jake se separó del marco de la puerta contra el que se había apoyado y se acercó a su padre. Un comportamiento tan jovial lo sorprendía.

–No tengo mucho tiempo, papá. Tengo que salir para el continente dentro de unos minutos.

–No tardaré –George sacó de la caja una pequeña tiara de diamantes y esmeraldas–. Creo que a tu madre le habría gustado que Susan la llevase –dijo, poniéndola a la luz para que Jake pudiera admirarla–. Mi querida Rebecca la llevó el día de su boda. ¿Qué te parece?

Jake miró primero la exquisita joya y después a su padre, que movía la tiara en la mano para admirar sus destellos. Su expresión se había suavizado y Jake presintió que estaba recordando el día de su boda.

—Es preciosa —dijo Jake.

—Me gustaría dársela a Susan, si crees que la aceptaría.

Jake sonrió. Al parecer, no era él el único Merit que estaba seguro de que Susan no había aceptado casarse con él por dinero o por posición.

—Si no la acepta, dile que es una tradición que las novias de la familia la lleven el día de la boda. Creo que en esas condiciones la aceptará, al menos hoy —en aquel momento, se sentía más cerca de su padre de lo que lo había estado hacía años—. Gracias —sonrió.

George enrojeció, pero enseguida frunció el ceño.

—Será mejor que para el año que viene por estas fechas, ya me hayáis dado un nieto.

Jake movió despacio la cabeza.

—Vaya por Dios... y yo que había pensado que por primera vez estabas haciendo algo sin ser egoísta...

Y dando media vuelta, salió.

Las horas pasaron en un torbellino de actividad. Susan apenas podía recordar lo que había pasado durante la mayor parte de la mañana, y no mucho más de la tarde. Mientras se vestía para la ceremonia, Yvette charlaba y su madre se aseguraba de que llevaba todos los detalles de última hora: algo viejo, algo nuevo, algo prestado y algo azul.

Lo prestado lo había puesto George, sorprendiendo a todo el mundo al presentarse ante Susan con una tiara, modesta en tamaño, pero admirable en elegancia. Yvette se la había colocado a su hermana en la cabeza y había confirmado después lo maravillosamente bien que le quedaba en la melena que le habían preparado para la boda.

Chester O'Conner apareció por fin y abrazó y besó a su hija. Al parecer no había sido capaz de encontrar nada mal en la suite.

Momentos después de la llegada de Chester, avisaron a Susan de que la ceremonia iba a empezar. En un estado de nervios y euforia, Yvette y su padre la acompañaron escaleras abajo. Nada le parecía real. ¿De verdad estaba a punto de casarse con Jake?

Mientras un pianista vestido de chaqué interpretaba a Mozart al piano, Yvette inició la marcha como dama de honor de Susan.

Chester O'Conner estaba elegante con su esmoquin, aunque un poco nervioso. Susan solo lo había visto vestido así siete años antes, en la boda de su otra hija.

Debió sentir su mirada porque se volvió y con una sonrisa algo triste, le dio unas palmadas en la mano.

—Estoy bien, papá —le dijo—. ¿Y tú?

Le vio tragar saliva.

—No sé por qué, pero las bodas me ponen mucho más nervioso que cualquier campeonato de ajedrez.

Entendía bien la sensación porque, aunque sonrió para darle ánimos, se sentía como si la hubiesen atado a un poste frente a un pelotón de fusilamiento.

«¡No, Susan!», se reprendió. «¡No te hagas esto! No podrás conseguir que funcione. Porque seas tú la única que acude a este matrimonio enamorada, no te tortures pensando que terminarás por lamentar esta decisión».

La marcha nupcial comenzó y Susan se sobresaltó como si acabara de despertar.

—Estoy bien —contestó a la mirada preocupada de su padre, e hizo un esfuerzo sobrehumano por sonreír.

—Entonces, vamos allá.

Chester asió la mano que su hija apoyaba en su brazo y avanzaron hasta la puerta del salón. La habitación estaba inundada por la luz del sol de la tarde, y las delicadas antigüedades y demás accesorios servían como magnífico telón de fondo, además de los numerosos ramos de flores. Los invitados se sentaban en sillas cubiertas con tela de brocado color marfil, situadas a ambos lados del altar. Y cuando Susan y su padre entraron, todos se levantaron a una.

Entonces vio a Jake y se quedó sin respiración. Estaba delante de la chimenea de mármol, de espaldas a ella, alto y elegante, vestido de negro. Apretaba un puño. Estaba claro que la decisión de seguir adelante con su vida le estaba costando mucho.

El pánico se apoderó de ella. De no haber estado agarrada a su padre, se habría caído al suelo. Con esfuerzo siguió manteniéndose erguida, en la confianza de que la gente imaginara que eran los nervios propios de la boda.

«Por favor, Jake... », gritó en silencio, conteniendo unas lágrimas de soledad–. «¡Por favor... mírame!».

CAPÍTULO 9

Jake sabía que aquel matrimonio era la oportunidad de volver a ser un hombre completo. Sabía que Tatiana ya no estaba, y Susan avanzaba por el pasillo hacia el altar. Por un instante la determinación le faltó y con una maldición entre dientes, se obligó a controlarse. Aquella unión era buena. Lo sentía con más seguridad de la que había experimentado en mucho tiempo.

«¡Mira a tu novia, idiota! Hazle saber que no eres solo un asno con dinero. Que no eres solo el insensible hijo del rey George, obligado por las necesidades del negocio a tener hijos! ¡Se merece un marido real!».

Inspiró profundamente y se volvió. Su sonrisa fue natural e inesperada. Susan caminaba hacia él, adorable y etérea. Su pelo parecía de fuego a la luz del sol, y la tiara de diamantes y esmeraldas añadía brillo a una belleza que era tan natural, tan embriagadora que habría querido reírse en voz alta de sus dudas.

Su novia era una verdadera maravilla con aquel vestido de encaje marfil sobre seda. Aquella belleza encantadora que avanzaba despacio y con gracia hacia él era la misma mujer llena de vida a la que le había pedido que se casara con él. La misma diablesa que lo había bañado en zumo de naranja y que le había dado un puñetazo, pero también la mujer que había temblado bajo su mirada.

Permitir que Susan O'Conner, la gema más brillante, pura y hermosa que había encontrado, se le escapara de las manos sería un crimen.

Sus ojos azules brillaban y parecía algo insegura, pero cuando él sonrió, la duda, si es que era eso lo que había visto, se desvaneció, dejando en su lugar un encantador rubor.

Cuando su padre la dejó junto a él y se acomodó en su sitio, Jake entrelazó su mano con la de ella sin dudar. «Esto está bien», se dijo, y apretó su mano.

Mientras hacían las promesas, experimentó una punzada de culpa, pero se recordó que aquello era solo el principio. Que necesitarían tiempo, pero que aquello era un nuevo comienzo para él.

De modo que, ante cielo y tierra, Jake juró fidelidad, aunque sabía... los dos lo sabían, que Tatiana seguía rondando su corazón.

—Puedes besar a la novia.

Susan parpadeó y miró a Jake. Se había olvidado del tradicional beso. Jake se volvió hacia ella y sujetándola con suavidad por los brazos, la besó en los labios.

Entonces fue cuando todo se volvió negro.

Susan no habría podido decir cuánto tiempo había pasado entre ese momento y el instante en el que recuperó el sentido, pero debió de ser bastante porque Jake y ella estaban recibiendo a los invitados en el recibidor. Un hombre tremendamente guapo había tomado su mano, y parpadeó varias veces, intentando centrarse. ¿Qué le había pasado durante ese beso?

Ya que nadie parecía estar mirándola, ni llevaba una aguja intravenosa en la mano, dedujo que no debía de haberse desmayado. ¿Pero qué...?

—¿Puedo besar a la novia? —preguntó aquel hombre, y el hoyuelo que se le hacía en la mejilla al sonreír le recordó vagamente a Jake. Tenía el pelo tan oscuro como su marido, aunque sus ojos no eran verdes, sino de un rico color castaño. Impecablemente vestido con un traje azul marino y corbata a rayas, olía a limpio, como a jabón. Resultaba un hombre atractivo y carismático como pocos, y Susan supo que tenía que ser familia de Jake.

—Tienes que ser familia de Jake —le dijo, enrojeciendo.

—Es la primera vez que lo veo en mi vida —dijo, y la besó en la mejilla. Luego apoyó su otra mano sobre la de Susan—. Soy el hermano más guapo, más brillante y más joven del que Jake tanto te ha hablado.

No podía resistirse a su simpatía. Al parecer en la familia Merit había más de un hombre con encanto, pero acababa de enterarse de que Jake tenía un hermano.

—Ah, ya —dijo—. Así que tú eres el guapo.

Miró a Jake por el rabillo del ojo, y se sorprendió de que estuviese observando su intercambio atentamente.

—No te olvides de «brillante» —añadió él, sonriendo.

—Ni de «modesto» —agregó Jake, separando las manos de su hermano de las de su esposa con una sonrisa—. Susan, te presento a Marc, el hermano más joven y más tarambana de la familia Merit. Hace años que lo echamos, pero ni por esas conseguimos quitárnoslo de encima.

La risa de Marc era profunda, como la de su hermano mayor.

—¡Vamos, abuelito! —replicó Marc—. Ya sabes que he venido a todas tus bodas, aunque soy un médico muy solicitado.

Jake se acercó al oído de Susan fingiendo susurrar.

—Es que Marc y su ego no caben en esta isla. Como dice que de vez en cuando salva una vida que otra... —luego dio un paso al frente y abrazó a su hermano—. Gracias por venir, hermanito.

Susan vio la cara de Marc mientas se abrazaban.

—He tenido una mañana estupenda salvando vidas, así que he supuesto que podía soportar una tarde como esta —contestó, guiñándole un ojo a Susan.

—Estoy conmovido —replicó Jake.

Había algo en aquella conversación que Susan no entendía.

—¿El hermano «más joven»?

Cuando se dio cuenta de que los dos hermanos la miraban, cayó en la cuenta de que debía de haber pronunciado en voz alta aquella pregunta.

—¿He dicho... algo?

Jake asintió.

—Has dicho «más joven».

Ella sonrió.

—Ah... es que me estaba preguntando por qué te has referido a Marc como el más joven, y no como tu hermano pequeño.

–Ya...

Marc y él se miraron, pero ninguno contestó.

–¿Es que hay otro hermano del que no sé nada?

–Pues sí –dijo Marc, y miró de nuevo a Jake–. Es el segundo, Zachary.

–Ah... ¿y dónde está?

Los dos hermanos habían perdido la sonrisa.

–Zack se marchó hace mucho tiempo –explicó Jake con un suspiro–. No nos mantenemos en contacto.

–¿Quieres decir que no sabéis dónde está, ni qué hace?

Jake sonrió, aunque había tristeza en su expresión.

–Zack es el rebelde de la familia.

Estaba claro que sus preguntas habían entristecido a todo el mundo, así que intentó hacer un chiste.

–Bueno, Jake, si Zack es un rebelde, puede que tengáis al final un pirata en la familia.

Su sonrisa fue mínima.

–No me sorprendería –contestó, y apoyando una mano en el hombro de su hermano, le preguntó–: ¿puedes quedarte unos cuantos días?

Marc contestó que no con la cabeza.

–Ojalá. Echo de menos todo esto –se volvió hacia Susan y sonrió de oreja a oreja–. Sobre todo ahora que esta encantadora criatura está en la isla. Sé que estás hecho un vejestorio –añadió mirando a su hermano–, pero creo que incluso tú vas a estar demasiado ocupado estos días para querer saber nada de mí. Querida hermana, tienes toda mi simpatía –bromeó–. A partir de este momento, vas a tener toda una vida por delante ayudando al pobre Jake a comerse la sopa y la tortilla y recordándole cómo se llama.

Susan se echó a reír.

–No sé... quizás debería pensármelo.

–Tal y como sospechaba –le dijo a Jake–. Es más lista de lo que tú te mereces.

–¿Por qué no te vas a darle la tabarra a papá un rato?

Marc se llevó la mano a la cara como si le hubiera dado en la mandíbula.

–Tu directo es un poco flojo, pero sé pillar una indirecta.

Y haciendo una reverencia ante Susan, se marchó.

–Me gusta Marc –dijo ella cuando hasta el último miembro del personal que había sido invitado les hubo felicitado.

Jake sonrió.

–Y a mí me gusta Yvette –frunció el ceño,

aunque sin dejar de sonreír–. Claro que tú no te habías molestado en decirme que tenías una hermana que se llamaba Yvette... Susu.

–Y tú tampoco te habías molestado en decirme que tenías un hermano médico, guapo e inteligente. Ni otro pirata llamado Zachary. Claro que yo nunca he salido con ninguno...

–Si lo que quieres decir es que tendría que haberte reconocido, deberías ser más justa. Llevabas trenzas, gafas y te llamaban Susu.

La acompañó al salón y la sentó a su derecha, en la cabecera de la mesa.

–Hace tiempo que dejé las gafas y las trenzas. Y mis colegas de trabajo no me llaman Susu.

Jake tomó asiento y cubrió la mano de Susan con la suya.

–Supongo entonces que llamarte Susu será uno de mis privilegios como marido, ¿no?

Su tono ronco de voz y el mensaje subliminal de su queja la desconcertaron y al mirarlo a los ojos se quedó prendada no solo de su belleza, sino de la provocación que vio brillar en ellos.

El recuerdo de esa mirada revivió en su interior mientras Yvette la ayudaba a quitarse el vestido de novia. Ida Jean y Chester estaban con el rey George, que en su papel de amo del castillo estaba enseñándoles la casa. George se había comportado bastante bien durante la última semana, y Susan sabía muy bien por qué: esperaba tener su primer nieto al cabo de nueve meses y quince minutos.

Y, por primera vez, no estaba en desacuerdo con él. Al menos en teoría, porque cuando lo pensaba detenidamente, le entraba un ataque de pánico. ¿Y si desilusionaba a Jake físicamente? O aún peor, ¿y si él esperaba que su lecho matrimonial sirviese solo para dormir y procrear, y no para dar rienda suelta a la pasión? ¿Y si eso pretendía encontrarlo en los brazos de otra mujer? ¿Y si...?

—¿Susu? —Yvette la zarandeó un poco—. ¿Estás ahí?

—Ah, sí, perdona. ¿Qué estabas diciendo?

Yvette le enseñaba un vestido verde y ajustado, con pequeñas rosas.

—¿Qué tal este?

Susan lo miró sin interés. No podía preocuparse por esa tontería en aquel momento.

—Está bien —dijo.

Yvette se echó a reír y dejó el vestido sobre la cama con otros tantos.

—Has dicho eso mismo en los últimos cuatro.

Susan sonrió.

—No importa lo que me ponga. No vamos a ningún sitio.

—Al dormitorio de Jake —replicó Yvette con malicia, y tomando a su hermana por los hombros, la hizo sentarse sobre la cama—. Jake se ha sorprendido mucho cuando le mencioné que habías estado locamente enamorada de él desde que tenías quince años.

Susan sintió que el estómago se le hacía un nudo.

—¿Qué... le has dicho?

—Al menos, se me quedó mirando durante un minuto en silencio, así que supongo que estaba sorprendido —Yvette se encogió de hombros—. ¿Es que no se lo habías dicho?

—Dios mío... —la cara le ardió—. ¿Qué te contestó él?

—Pues no mucho —Yvette parecía confusa—. ¿Qué pasa?

—Dime exactamente lo que te dijo.

—Bueno... al principio pareció sorprenderse, pero luego se quedó serio y me preguntó: «¿quieres un poco de tarta?»

—¿Quieres un poco de...? —no podía ser. Aquella revelación tan humillante tenía que haberle hecho atar cabos.

—¿Qué ocurre? —insistió Yvette—. ¿Es que no querías que supiera que te gustaba?

–¡No es eso lo que le has dicho! –le espetó, furiosa y mortificada–. Hay una diferencia.

–¿Y qué más da? Tú lo quieres y él te quiere a ti...

–¡No! –explotó, poniéndose de pie, y se cubrió la cara con las manos–. ¡Él no me quiere! –sollozó–. Solo quiere tener una familia y se siente cómodo conmigo. Por eso nos hemos casado. Jake no me quiere, Vetie. Ni siquiera sabe que yo lo quiero.

Hubo una larga pausa.

–No me lo puedo creer –susurró.

Susan tragó saliva.

–Pues créetelo.

–Dios mío... –susurró su hermana y se levantó para abrazarla–. Lo siento muchísimo, Susu. Espero que... Ojalá...

–Yo también.

Y abrazada a su hermana, lloró.

La noche de bodas proyectaba un sombra grande sobre Susan cuando Jake y ella entraron en el dormitorio de él. Todos los invitados se habían marchado ya, toda la celebración había concluido. Lo siguiente era la luna de miel.

–Bien, ya estamos.

Susan unió las manos para ocultar su temblor.

–Sí, ya estamos en la luna de miel –murmuró.

Jake quedó en silencio un momento y después añadió:

–Eso también. Pero me refería a que ya estamos en mi habitación.

–Ah... claro.

Y miró a su alrededor. El suelo era de madera muy clara y las paredes, tostadas. El mobiliario era cómodo y tradicional, y la habitación resultaba masculina y acogedora.

Sobre la chimenea de piedra había un óleo en el que se retrataba a un caballero vestido con seda y encaje, de otra época. Atractivo, aunque un poco austero, llevaba por las riendas un magnífico semental, y Susan se preguntó si aquel personaje sería el ancestro que le regaló al rey de Inglaterra el caballo que a la familia Merit le había valido aquella isla y la consiguiente fortuna.

Tras una duda tan larga como le fue posible, se obligó a mirar la cama. Era grande, como el hombre que dormía en ella, con un cabecero antiguo de hierro. Todos sus miedos afloraron a la superficie y apartó la mirada, centrándola en una cómoda de pino sin adornos, en las alfombras de colores terrosos y en los ventanales por los que se colaba una noche cuajada de estrellas.

—Es una habitación preciosa —dijo con una voz sorprendentemente tranquila.

—Gracias —sintió que su mano se deslizaba por su brazo hasta llegar a entrelazarse con la suya—. Susan... no estés nerviosa.

Ella no lo miró.

—No lo estoy.

—Ven a sentarte —dijo, y aunque ella hubiera querido ver su expresión, no se atrevió a mirarlo—. Hay algo que quiero decirte.

Tenía la sensación de saber qué iba a suceder a continuación, pero decidió hacerse la tonta cuanto pudiera... quizás de ese modo podría encontrar otra explicación para la confesión de Yvette de que «Susan estaba locamente enamorada de ti desde los quince años».

Lo miró a hurtadillas. Su expresión era seria, incluso vagamente molesta. Genial.

—Ven. Siéntate —dijo, y tiró de ella hacia la cama. Ella lo siguió obedientemente. Ya estaban casados... para bien o para mal. Lo que lamentaba era que hubieran empezado por lo segundo.

Jake parecía tener que medir lo que iba a decirle, y en el silencio que siguió Susan suspiró débilmente.

—Por favor, relájate —le dijo con suavidad.

—¿No... no parezco estar relajada?

—No mucho —sonrió, pero en sus ojos vio

más compasión que alegría, y eso le hizo daño–. No quiero ponerte nerviosa, así que creo que deberíamos empezar limpiando el aire.

Ella asintió.

–Creo que sé lo que vas a decirme –admitió.

–¿Ah, sí?

–Sí –contestó, mirándose el regazo–. Yo... yo también quiero hablar claro. Para serte sincera, yo no pretendía... yo no...

Qué difícil, más que cualquier otra frase que hubiera tenido que pronunciar en toda su vida.

–¿Tú no... qué?

–De acuerdo –suspiró–. Me gustabas cuando tenía quince años, pero no he estado enamorada de ti desde entonces –dijo, intentando salvar su reputación pero detestando el sabor de la mentira–. Yvette es una romántica incurable, y se ha equivocado al decirte algo así. Solo quería aclararlo.

Su expresión se tornó dolida por un instante.

–Eso ya lo sabía.

–¿Lo sabías? ¿Lo supiste entonces?

Él sonrió y se encogió de hombros.

–Tenías quince años, y las chicas de esa edad llevan el corazón en la solapa. Y yo lo noté, claro.

Susan se quedó momentáneamente sin habla, y cuando consiguió recuperar las funciones mentales, miró hacia otro lado con los ojos llenos de lágrimas.

–Oh... ¡qué vergüenza!

–¿Por qué? –quiso saber, y le rozó la rodilla con la mano. Ella se resistió al deseo de poner la suya sobre la de él–. A mí me parecía algo encantador –dijo, y cuando lo miró, su expresión se volvió solemne–. ¿Por qué no me has querido decir que eras mi pequeña Susu de entonces?

Estaba teniendo problemas para concentrarse, con su mano en la rodilla.

–Ya... ya te lo he dicho. Porque el hecho de que nos hubiéramos conocido hace tanto tiempo no tenía nada que ver con mi trabajo.

Él asintió.

–Supongo que tendré que aceptar esa explicación, ¿verdad?

Ella suspiró.

–De todas formas, es agua pasada.

–Ya. Lo que me dijo Yvette... me hizo sentirme halagado, pero...

Ella se mordió un labio, convencida de que le estaba leyendo en pensamiento. Pero no puedo cargar con esa clase de presión en este momento, Susan. ¿Cómo iba a poder estar a la altura de tu fantasía siendo que no siento nada por ti?

–¡Ya te he dicho que Yvette estaba confundida! –insistió–. Tú la conoces, Jake. Y sabes también cómo hemos llegado a esta relación.

Él apartó la mano y se cruzó de brazos.

–Sí, lo sé. Y eso precisamente me lleva adónde yo quiero ir a parar.

–Ah.

–Quería hablar contigo sobre... –se detuvo y se pasó una mano por el pelo–. Quería hablar contigo sobre sexo, Susan.

Ella se sintió mareada, como si la cabeza se le hubiera quedado sin sangre.

–Ah... yo, yo creía que no hablabas de sexo.

–Pues no a la mesa mientras ceno –contestó, sonriendo de medio lado–. Pero a solas, en mi dormitorio y con mi... esposa, me parece que es apropiado, ¿no crees?

Su lógica era aplastante.

–¿Y qué es lo que me quieres decir sobre... eso? –preguntó con voz temblorosa.

Él sonrió al ver cómo evitaba pronunciar la palabra, y se pasó una mano por la mandíbula en un gesto contemplativo. Durante un momento estuvo mirándola a los ojos hasta que al final, tomó su cara entre las manos para tomar posesión de su boca lánguida y tiernamente, y fue tan breve que dejó sus labios ardiendo, deseando más.

Se separó despacio, pero dejó las manos en su pelo, y ella no pudo hacer nada salvo quedarse inmóvil y perpleja.

Jake bajó las manos a lo largo de su cuello hasta llegar a sus hombros... una caricia que le hizo hervir la sangre.

–Susan –murmuró–, creo que lo mejor es que vayamos despacio. Y con eso quiero decir que pretendo que te sientas totalmente cómoda conmigo antes de que... de que practiquemos el sexo.

Trastornada por aquella inesperada declaración, se quedó mirándolo sin hablar, hundida en una ola de sentimientos encontrados. Los labios aún le sabían a él y seguía sintiendo un cosquilleo en la piel que él había rozado, así que lo único que pudo hacer fue asentir, aunque no tuviera mucho sentido, pero era la única respuesta posible ante lo que estaba sintiendo... ¿Rechazo, excitación, indignación?

La indignación terminó por ganar.

–Ya veo –murmuró, evitando otras palabras con mucho más significado que se le venían a la boca. Era obvio que el recuerdo de Tatiana aún seguía enseñoreándose de su corazón y de su cuerpo, y que no podía soportar la idea de estar con la mujer que era ya su esposa–. Sabia decisión –añadió–. Entonces, lo mejor será que me vaya a mi habitación.

Había dado dos pasos hacia la puerta cuando él la sujetó por la muñeca.

–No –gruñó–. Quiero que te quedes en mi cama.

Susan apenas podía mantener la compostura.

–¿Y dónde vas a dormir tú?

–¿Qué dónde voy...?

La frase quedó a medio terminar. ¿Qué se había creído, que iban a dormir juntos pero sin sexo? ¿Y por qué no? ¿Qué significaba ella para él?

–Me estás malinterpretando.

Ella sonrió, y el dolor tan intenso que sentía dentro salió al exterior a través de la ira.

–No lo creo, Jake –contestó–. Te he comprendido perfectamente. Vamos a tomarnos las cosas sin prisas y esperaremos a que yo me sienta... cómoda. Pero lo que no sé es cuándo será eso –añadió, cruzándose de brazos–. ¿Dónde dices que vas a dormir mientras tanto?

–Supongo que... en mi despacho –masculló.

–¿Con todas las habitaciones que hay en esta casa, vas a dormir en un sofá?

A Jake le estaba costando trabajo contenerse.

–Es que no quiero que los empleados...

Ya lo entendía. Así que pretendía mantener la farsa de que eran una pareja delirantemente feliz. Nadie debía saber la verdad. Nadie debía saber que Jake no podía soportar la idea de...

–¿Es que temes que papá te deserede si descubre que no estás cumpliendo con tu obligación? –le espetó, rabiosa.

Jake abrió los ojos de par en par como si lo hubieran abofeteado, y Susan deseó poder retirar lo que había dicho. Era injusto y poco propio de ella.

–Jake, yo...

–Buenas noches, Susan –la cortó, y con una mirada que a ella le heló el corazón, abrió la puerta de su despacho y cerró dando un portazo.

CAPÍTULO 10

Jake desahogó su rabia contra una mesa baja que tenía en el despacho, que salió despedida de una patada.

–¡Maldita sea! –masculló.

Creyera lo que creyera Susan, su padre no tenía apenas nada que decir sobre las decisiones que él tomaba en el negocio, ya que la riqueza de las minas estaba, en su práctica totalidad, en sus manos. Normalmente se habría echado a reír con un comentario así, pero aquella noche le había hecho estallar. ¿Por qué?

Sentado en el sofá frotándose la pierna, murmuró:

–¿Qué demonios me está pasando? –se preguntó, aunque lo que en verdad deseaba hacer era rugir como un león herido.

Había manejado aquella situación con la fineza de un gorila salvaje, y frotándose los ojos, se preguntó por qué se habría comportado de aquel modo, abandonando la habitación con un portazo. No solía perder así los estribos. Solía ser un hombre sereno y lógico, difícil de alterar. ¿Por qué entonces aquel comportamiento?

Pues porque aquel había sido el día de su boda.

El beso... Lo mejor sería admitirlo. Aquel beso era en parte responsable de su comportamiento ya que había abierto una especie de caja de Pandora en la que se guardaba una terrible frustración sexual.

No había pensado pasar de un mero roce de sus labios, pero antes de que pudiera darse cuenta, aquella caricia destinada al gran público se transformó en un encuentro fiero y urgente, llenándolo de pasión e incluso de sorpresa. Y cuando la oyó gemir débilmente y la sintió rendirse a él entreabriendo los labios...

Desde aquel momento, desde aquel instante en el que había sentido una excitación tan inesperada, no había dejado de desear volver a beber de sus labios.

Era comprensible que ella hubiese dado por sentado que iban a darse más tiempo antes de llegar a la intimidad física. Y eso era también lo que él pensaba... hasta aquel beso.

Con un suspiro, se echó hacia delante y apoyó los antebrazos en las rodillas, y sin darse cuenta, miró hacia su habitación. Un haz de luz se filtraba por debajo de la puerta cerrada, y durante un buen rato se quedó con la mirada fija en aquella claridad. Tras un momento se dio cuenta de que no había oído ni un solo sonido; ni el de sus pasos por la habitación ni el de los muelles del colchón al tumbarse en la cama, nada. ¿Qué estaría haciendo?

Ante sí apareció la imagen de cómo la había dejado al salir de la habitación. Se había quedado de pie, en el centro, mirándolo desde la otra orilla del abismo que se había abierto entre ellos, su maravillosa mata de pelo iluminada por la luz.

–Esto no es lo que yo quería, Susan –musitó, moviendo la cabeza y con una tremenda sensación de frustración. Él querría haberle hecho el amor con ternura. Quería demostrarle que si de verdad había estado enamorada de él, tal y como le había dicho Yvette, él se uniría a ella como un marido verdadero a su mujer, y haría todo lo posible por hacerla feliz.

Pretendía decirle que la declaración de su hermana había sido halagadora, pero que para él había significado mucho más, más de lo que se habría podido imaginar. Y si Susan no lo hubiera interrumpido para negarlo con vehemencia, se lo habría dicho. Pero su insistencia había terminado por impedírselo.

Por eso precisamente le había dicho todo aquello de que necesitaban tomarse las cosas con calma; porque eso era lo que ella necesitaba escuchar... ¿no?

—¡Claro que sí! —murmuró.

Y lo había manifestado al besarla, ya que su única reacción había sido la sorpresa.

Jake apretó los dientes. Ella no le había demostrado en ningún momento que lo desease sexualmente. Bueno, excepto quizás en aquel momento en que se cayó sobre él en el césped. Para él no había sido ni mucho menos la primera vez en que pensaba en besarla, sino desde el primer día en que la vio asomar por su despacho.

Entonces reparó en que la luz se había apagado. Susan O'Conner Merit se había ido a dormir. Su mujer estaba en «su» cama, en «su» habitación y en «su» isla.

—Susu... —musitó—. Cómoda o no cómoda, con sexo o sin él, si crees que me voy a pasar el resto de mi vida marital durmiendo en un maldito sofá, estás muy equivocada.

A medida que iban transcurriendo los días, Susan se iba deprimiendo cada vez más. Si la posibilidad de desilusionar a Jake le había inspirado pánico en un principio, no era nada comparado con lo que le inspiraba el camino estéril que había tomado su luna de miel.

Su marido desaparecía invariablemente cada noche en su despacho a la hora de irse a dormir con la excusa de que tenía que trabajar para después, horas más tarde, cuando la creía dormida, entrar en la habitación y meterse en la cama. Se quedaba dormido a su lado, de espaldas a ella, como si su presencia lo ofendiera.

Y, para colmo, las cosas se pusieron aún peor con las alusiones de George al deseo que tenía de oír las carreras de unos pequeños pies por la casa.

En público, Jake se comportaba como un marido devoto... sonreía, le tomaba la mano o le ofrecía el brazo, pero en privado se volvía introvertido y frío. Era dolorosamente obvio que el recuerdo de Tatiana seguía dominándolo. ¿Qué otra razón podía haber para negarse a la parte física de su matrimonio? Su plan sería aguantar hasta alcanzar un estado tal de necesidad física que hasta ella le resultase apetecible.

Tras dos semanas, Susan temía que llegase la hora de irse a dormir... de aquellas maniobras mudas e incómodas para no encontrarse. De frases cortas y perturbadoras miradas mientras iban y venían entre el baño y la habitación. De la inevitable partida de Jake a su despacho. De aquellas interminables horas despierta en la oscuridad, deseando... esperando... y sabiendo al mismo tiempo que no tenía derecho a desear. ¿Acaso no había entrado en aquel perverso acuerdo con los ojos bien abiertos?

Aquella noche, como siempre, Susan tenía el baño para ella sola antes de irse a la cama, ya que Jake siempre se duchaba y se cambiaba antes de bajar a cenar. Justo cuando estaba a punto de entrar en el baño, llegó Jake. Sus miradas se cruzaron por un momento antes de que él la saludara con una breve inclinación de cabeza y se acercara a la ventana para contemplar el mar. Con el corazón en un puño, Susan entró a la carrera al cuarto de baño para evitar que pudiera presenciar sus lágrimas.

Tras un baño relajante, se envolvió con una toalla y sacó su cepillo de dientes del vaso de cristal. Abrió después uno de los cajones de debajo de la encimera. No había pasta.

–Genial –murmuró, recordando que había utilizado lo último que le quedaba al tubo aquella misma mañana.

Abrió un armario que había sobre el lavabo y encontró varios tubos de pasta almacenados al fondo de la segunda balda, y poniéndose de puntillas, alcanzó uno. Pero, hasta un segundo después, no se dio cuenta de que había empujado un frasco de cristal, y ya era demasiado tarde. El frasco cayó, golpeándola primero en la base del cuello y cayendo después contra el borde de la encimera de mármol, donde estalló con un ruido ensordecedor. Esquirlas de cristal salieron disparadas en todas direcciones, así como el contenido del frasco, que inundó la habitación de olor a almendras.

Susan gritó asustada e, instintivamente, se tocó con los dedos el punto del cuello en el que le había caído en frasco, mirándose en el espejo. Una mancha redonda y rabiosamente roja apareció inmediatamente. ¿Qué era lo que se había caído? ¿Crema de manos?

La puerta del baño se abrió de par en par.

—¿Qué ha pasado? ¿Estás bien?

Sorprendida por aquella aparición inesperada, se volvió hacia la puerta y aquel movimiento brusco le hizo perder el equilibrio. En una décima de segundo, su cerebro registró el hecho de que el suelo estaba lleno de cristales y que su única opción era sujetarse a algo sólido. Y lo único sólido que había a mano era Jake.

—¡Sujétame! —gritó, aferrándose a sus hombros.

Él la sujetó levantándola en el aire, y todo se quedó de pronto suspendido e inmóvil. Incluso su corazón. Sus miradas se encontraron.

—¿Qué ha ocurrido?

—Es que... intentaba alcanzar un tubo de pasta de dientes, y algo se me cayó de la balda —señaló el armario, pero él no apartó la mirada de ella—. Creo que era loción de manos o algo así —continuó—. Lo siento. Hay cristales por todas partes.

Soltó un solo brazo con intención de comprobar los desperfectos cuando al mirar hacia abajo descubrió que la toalla se le había escurrido y que sus pechos estaban al descubierto.

—¡Ay! —exclamó, tirando de la toalla, pero no consiguió subírsela. La condenada se había hecho un rollo y no había quien la desenredase, así que soltó el otro brazo con intención de cubrirse—. ¡Jake, por favor, bájame!

Él hizo una mueca de dolor y la frente le brilló de sudor.

—Maldita sea, Susan, el suelo está lleno de cristales.

Y sin discutir más, la llevó a la cama.

En cuanto la dejó allí, ella hizo ademán de levantarse.

—Gracias, voy a...

—Quédate quieta —dijo él, sujetándola por un hombro.

Tan negra fue su mirada que Susan obedeció sin rechistar, y sujetándose la toalla, dejó que le examinara las piernas. El contacto de sus manos le estaba provocando unos tremendos escalofríos, y se mordió un labio.

–¿Qué había en el frasco? –preguntó, intentando pensar en otra cosa.

–Bálsamo para después del afeitado –dijo, extendiendo lo que le había salpicado–. No te hará daño.

Despacio fue ascendiendo hasta el punto en el que la protegía la toalla. Qué perfil tan hermoso tenía, tan serio, tan concentrado. Sin una palabra, cambió a la otra pierna, extendiendo cuidadosamente el bálsamo.

Susan tragó saliva. El contacto de sus manos generaba una especie de cálido cosquilleo que era imposible pasar por alto. Entonces sus miradas se encontraron, y supo que él presentía sus reservas lo mismo que ella adivinaba las suyas.

Pero, de pronto, su temor y su vergüenza desaparecieron como por encanto, dejando solo el convencimiento del amor que sentía por Jake Merit. Adoraba la curva de su boca, la ternura de sus ojos y la fuerza de sus manos. En un palabra: lo quería, para bien, para mal o para lo que fuera.

Lo quería. No había nada más que decir.

La expresión de Jake cambió inesperadamente, revelando una emoción más intensa que el mero interés masculino. Sus miradas se cruzaron solo un instante, pero bastó para que Susan pudiera ver brillar en sus ojos algo intenso y real. Lo vio inclinarse hacia delante y besar con ternura la zona enrojecida por el golpe del frasco. Aquella ternura prendió fuego a cada célula de su cuerpo. Y se estremeció.

Besos lentos y dulces fueron ganando su cuello poco a poco, desencadenando unas sensaciones salvajes y primitivas en su interior.

–¿Jake? –susurró, sin atreverse a esperar.

–Shh... –contestó él, ascendiendo hasta la mandíbula.

Cuando por fin alcanzó sus labios, el contacto contenía un mensaje lleno de ternura y de pasión al mismo tiempo.

Sus besos eran sorprendentemente livianos, sensibles, exploradores, y la estaban volviendo loca. La cercanía de su cuerpo le hacía arder la piel y su deseo se tornó primitivo, sobrecogedor, dominador, la clase de necesidad de la que se hablaba en las leyendas y en las canciones de amor. Entreabriendo los labios, lo animó a tomar posesión de su boca y, con un gemido áspero, él aceptó.

Su mano viajó hasta el borde de la toalla,

por encima de la curva de sus pechos. Ella reaccionó inmediatamente, y su consciencia dejó de funcionar a medida que el deseo tomaba las riendas de su ser.

Jake emitió un sonido gutural, mitad aullido, mitad gemido y de pronto, con un movimiento poderoso de muñeca, hizo desaparecer la toalla.

El amor de Jake la conmovió de tal modo que Susan se descubrió llorando. Nunca había conocido una satisfacción tan intensa, tan plena; nunca se había imaginado que un estado de tal exaltación pudiese existir. Todo sus sueños y esperanzas, por desenfrenados e imposibles que parecieran, habían llegado por fin a convertirse en realidad.

Jake se había relajado sobre ella, y su cuerpo había sido una divina carga, y al oírla llorar, había levantado la cabeza entre satisfecho y temeroso.

—¿Susan? —susurró.

Saciada tras haber hecho el amor, tenía los brazos demasiado pesados para moverlos, a pesar de que deseaba tremendamente enredar los dedos en su pelo. Suavizar su ceño.

—Jake... —musitó, y un nuevo sollozo le llenó de lágrimas los ojos.

Él cerró los ojos y con un suspiro, se sentó en el borde de la cama, de espaldas a ella.

–Jake... –estiró un brazo hacia él, pero no pudo alcanzarlo. ¡Se arrepentía de haberle hecho el amor! Inmediatamente se sintió fría, vacía, abandonada–. Estamos casados –le dijo en voz baja–, tenías todo el derecho a...

–¡Sé perfectamente cuáles son mis derechos como marido! –se levantó de la cama y se colocó la toalla por la cintura. Que sintiera necesidad de ocultarse le dolió tanto como la aspereza de su voz–. ¡También lo sé todo sobre el deber de mi familia! Yo no quería... –apretó los dientes y se pasó una mano por el pelo–. No pretendía...

–No –le rogó–. ¡Por favor!

Tiró de la sábana y se cubrió con ella. Lo último que quería era oír una disculpa de su propio marido porque le hubiera hecho el amor. Qué ridícula, qué lastimera. Él había ejercido sus derechos como marido, había cumplido con el deber que le imponía su familia, y en aquel momento sentía que había traicionado el recuerdo de...

Un dolor sordo se instaló en su corazón, un lugar que hasta hacía un momento se había sentido saciado de felicidad y de unión con el hombre al que amaba.

–No tienes por qué sentirte culpable, Jake –dijo, a modo de defensa–. El sexo formaba parte del trato. Tengo entendido que es la forma más corriente de tener descendencia –los labios le temblaban y se cubrió la cara con las manos. Un sollozo sacudió su cuerpo y se puso furiosa consigo misma por rendirse–. De hecho, lo has hecho... muy bien, teniendo en cuenta la naturaleza de nuestro... matrimonio. Si hubiese habido algún sentimiento verdadero entre nosotros, la experiencia habría sido...

Ahogada en la tristeza, la mentira se le quedó atascada en la garganta.

–¿Adecuada? –concluyó él, con voz ahogada.

No podía confiar en su voz, así que asintió.

CAPÍTULO 11

Jake se sentía horriblemente mal. Se había jurado esperar a que Susan mostrase algún signo de que lo deseaba, antes de... Pronunció un juramento en voz alta. ¿Cómo podía haber perdido así el control? ¿Qué clase de bastardo era? ¿Cómo podía haber obtenido placer, teniendo en cuenta lo egoísta que había sido? «Estás complacido», le dijo una voz interior, «porque Susan te excita mucho más de lo que te habías podido imaginar».

Esa parte era la buena. La mala era que Susan lo miraba con desconfianza cada vez que entraba en la habitación. Aunque seguían interpretando el papel de felices recién casados delante de los demás, enrojecía cada vez que le tomaba la mano. Y a él verla enrojecer le recordaba aquella noche en la que habían hecho el amor. Era un hombre que padecía un dolor que él mismo se había infligido.

Susan agradecía a la providencia el hecho de que aún tuviese su trabajo, aunque su única dedicación fuese Merit Emeralds y su lugar de trabajo, la isla. Aunque el trabajo la mantenía ocupada durante el día, no erradicaba el tormento que era estar cerca de Jake a cada instante. Y tampoco evitaba que percibiera permanentemente su olor, el calor de su mano o el timbre de su voz. Y, a medida que pasaban los días, su frustración alcanzaba proporciones cada vez más insoportables. Obviamente no había sido lo que él necesitaba o quería... le había fallado.

Una sensación de ahogo se apoderó de ella. ¡No podía ser! Susan O'Conner nunca había fallado en nada que quisiera conseguir de verdad. ¿Cómo se atrevía a aceptar el apellido de Jake, para después ponerle una etiqueta tan denigrante?

–Susan O'Conner Merit –murmuró–, ¡no vas a fallar en tu matrimonio!

Jake estaba desesperado. De lo único que podía felicitarse era de que Susan no hubiese pedido la anulación del matrimonio. Eso era lo único que podía hacerle concebir una mínima esperanza. Podía intentar darle un poco más de tiempo... tiempo para reconstruir lo que él había destruido.

–¿Se puede saber qué te pasa? –masculló a solas en su despacho–. Tú no eres un hombre impulsivo. De hecho, has sido casi indiferente a todo desde que...

Interrrumpió la frase en aquel punto, pero su pensamiento siguió adelante. «Desde que murió Tatiana».

Durante doce años había llorado su muerte. Había concentrado toda su energía en el trabajo. Extraer esmeraldas y pulir el recuerdo de Tatiana había sido toda su vida.

Hasta que Susan O'Conner apareció en su fortaleza. Fue ella quien bloqueó los engranajes de su bien engrasada maquinaria de realidad estéril, enfrentándolo a la tierra yerma en que había convertido su vida.

Siempre se lo agradecería, independientemente de lo mucho que le hubiese costado aceptarlo. Aquella había sido la razón principal que le pidiese que se casara con él. Curiosamente, a lo largo del camino, la gratitud había dejado sitio a otros sentimientos más intensos. Ya la deseaba, más de lo que podría haber deseado a cualquier otra mujer.

La culpabilidad se mezcló con la inquietud. Quería hacer el amor con él porque era su obligación. Una declaración tan valiente le llenaba de esperanza y de tristeza. Pero por acuciante que fuese su deseo, no iba a saltar sobre ella. La próxima vez, tendría que ser de mutuo acuerdo. La próxima vez, se juró, tendría que ver el deseo en sus ojos.

De pronto se le ocurrió una idea. Llevaba semanas posponiendo un viaje a Amberes. Quizás fuese aquel el momento oportuno de hacerlo. De ese modo, podría darle unos cuantos días de tranquilidad a Susan; dejaría de estar siempre allí, poniéndola nerviosa. Y esperaba que, a su vuelta, su corazón latiese de otro modo.

Susan estaba decidida. No había podido dormir urdiendo un plan, y aquella tarde la jornada acabaría antes por un trabajo de mantenimiento que había que acometer en la boca de la mina. Ya había dejado instrucciones en la cocina para que tuviesen preparada una cena en una cesta para Jake y ella. Estaban teniendo un mes de septiembre excepcionalmente cálido, y los árboles estaban cargados ya de los colores del otoño.

Tenía pensado ya el sitio, en un claro del bosque desde el que se veía el océano. Nerviosa y excitada, se bañó rápidamente mientras esperaba a que Jake terminase en su despacho. Habría luna llena y ni una sola nube en el cielo.

—¡Esta noche, Susan! —se susurró mientras se vestía con una chaqueta de seda, de la que solo se abrochó tres botones, dejando un poco de piel al descubierto por encima de la cinturilla de su falda de pañuelo. Sonrió. ¡Menuda sorpresa se iba a llevar Jake cuando descubriera que no llevaba ropa interior!

—Susan, Susan —se dijo a sí misma en el reflejo del espejo—, estás hecha una loba.

—¿Has dicho algo?

Jake estaba en la puerta de la habitación con una expresión vagamente preocupada.

—Yo... yo... —«¡Vamos, hazlo ahora!»—. Es que... he pensado que podíamos cenar en el bosque.

—¿En el bosque?

Ella respiró hondo para hacer acopio de valor.

—Sí, es que...

—Me encantaría —dijo, dirigiéndose a su vestidor—. Y lo haremos, uno de estos días. Tengo que salir para Amberes dentro de unos minutos.

Ella parpadeó varias veces. ¿Qué había dicho?

—Estaré fuera más o menos una semana —cuando salió del vestidor, traía una maleta de cuero y la miró fijamente un instante antes de colocarla sobre la cama—. Lo siento, pero si no me voy ahora, mi agente y yo no podremos vernos hasta dentro de más de un mes, y no puedo esperar hasta entonces –abrió la maleta y la miró con una diplomática sonrisa–. ¿Te importaría traerme las cosas de afeitar del baño?

Ella sintió un dolor en el pecho, de desilusión, incredulidad, o ambas cosas. ¿Se marchaba así, sin más? Aturdida, obedeció.

–Gracias –dijo él.

Su plan se había vuelto a desbaratar. ¡Tenía que ser aquella noche!

–Este... viaje –dijo, intentando mantener la voz en calma–, ¿ha surgido de improviso?

–La verdad es que no –contestó y sacó del armario un montón de calcetines y ropa interior y los metió dentro de la maleta–. Necesitaba ir, pero no he tenido tiempo hasta ahora.

Cerró la tapa y echó los cierres, y en dos pasos, se acercó a ella y le dio un beso que apenas fue un roce.

–El nombre del hotel y el número de teléfono están en mi mesa. Llámame si necesitas algo –la miró a los ojos–. Te veré dentro de una semana –dijo, y se marchó.

Confusa, frustrada y dolida, Susan empezó a dar vueltas por la habitación. Si aquel viaje no había sido repentino, ¿por qué no se lo había mencionado? Se acercó a la ventana y apoyó la frente en el cristal.

Allí estaba él, caminando hacia el embarcadero.

—¿Por qué me dejas, Jake? —gimió, incapaz de contener las lágrimas—. Quiero ser tu mujer, en... todos los sentidos.

De pronto sintió un dolor intenso en el vientre y gimió. Llevaba una semana sin encontrarse del todo bien. ¿Le estaría saliendo una úlcera? Otra punzada la hizo doblarse de dolor.

—Jake, por favor... —gimió débilmente—. No lamentes haberte casado conmigo...

Aquella vez el dolor fue tan intenso que la hizo gritar y a duras penas llegó a la cama.

¿Qué estaba ocurriendo? ¿Era aquel dolor puramente emocional, o le estaría pasando algo malo?

CAPÍTULO 12

Jake solo estuvo fuera durante cinco días, pero para Susan fue toda una vida. Tras su marcha, su único pensamiento era encontrar la forma de conseguir que quisiera ser su marido de verdad, que desease hacerle el amor, para llegar a ser una familia de verdad y tener hijos.

Pero aquel día, todas esas ilusiones habían quedado destrozadas. Ya no tenía nada que ofrecerle a Jake. Aquella mañana había recibido los resultados de las pruebas que el doctor Fleet insistió en que se hiciera, resultados que el doctor le había dado con toda la dulzura del mundo, tan triste casi como si fuese su propia hija.

«Endometriosis» era un nombre muy rimbombante para algo que, en resumen, significaba que no podía tener hijos. Había recibido la noticia pronto, pero había necesitado que pasasen las horas para llegar a comprender la magnitud del hecho.

La sorpresa y el dolor la habían dejado destrozada. Jake se había casado con ella para que le diera hijos, pero ya... La amargura del descubrimiento era tal que casi no podía respirar.

La profundidad de su amor por Jake no había sido suficiente... solo un sueño en el que llevaba demasiado tiempo viviendo. Sin la promesa de unos hijos, su matrimonio estaba muerto. Incluso un idiota podría ver que se había casado con ella con una expectativas claras y definidas que ella ya no iba a poder satisfacer, y tendría que dejar de lamentarse y actuar como una mujer adulta.

No estaba segura de cuándo volvía Jake de Amberes. No lo había llamado, así que él tampoco la había llamado a ella. Habían hablado las dos primeras noches, pero como sus conversaciones habían estado plagadas de incómodos silencios, Susan se había asegurado de no estar cuando volviera a llamar.

No había podido decirle lo de las pruebas, ni siquiera antes de saber los resultados, pero aquel día, con la verdad mirándola a la cara, sabía que no podría haber reunión posible entre ellos, ni seducción en el bosque. Mientras hacía apresuradamente la maleta, intentaba racionalizar aquella huida cobarde. Sería más fácil para él así que tener que decirle que, puesto que no podía tener hijos, su acuerdo quedaba anulado.

No podría soportar oír esas palabras, ver su expresión distante, su mirada fría. Siendo como era un buen hombre, sería muy difícil para él. Quizás no sentiría la misma desolación que la estaba destrozando a ella, pero aun así le resultaría penoso, y ella no podría soportar que el hombre al que amaba la abandonase por estar «defectuosa».

Cerró la maleta con manos temblorosas. Ya pediría que le enviasen el resto de sus cosas. Un brillo satinado llamó su atención y se miró la mano izquierda. La alianza... aquellos diamantes significaban un montón de sueños y esperanzas que ya nunca se harían realidad.

Con un dolor en la garganta por las ganas de llorar, se quitó el anillo del dedo y lo dejó sobre la cama. Luego cargó con la maleta y cuando, de pronto, la puerta del dormitorio se abrió, la sorpresa la dejó inmovilizada.

—¿Jake?

Su nombre fue solo un frágil suspiro. ¿Por qué el destino la obligaba a enfrentarse a la catástrofe final?

La sonrisa de Jake se desvaneció cuando vio la maleta.

—¿Qué pasa?

Verlo allí fue una verdadera agonía.

—¿Susan? —pronunció su nombre en voz baja, como si temiese que cualquier ruido fuese a romperla en pedazos.

Como ella no contestaba, se acercó y la miró a los ojos.

—Estás tan... ¿Hay alguien enfermo en tu familia?

Ella negó con la cabeza y la ironía de la pregunta le laceró el corazón.

—No. Jake... —el perfume de su loción de afeitar amenazaba con hacer naufragar sus convicciones—. Te dejo —dijo rápidamente, temiendo que, de no hacerlo, se derretiría a sus pies suplicándole por su amor—. Nuestro matrimonio ha sido un error. Quiero el divorcio. No temas, que no voy a pedirte nada. Solo quiero... marcharme.

—Susan...

Echó a andar hacia la puerta y cuando él intentó retenerla por un brazo, ella se soltó de un tirón.

—¡No! Y no me sigas. Estoy decidida.

Cuando la puerta se cerró tras ella, no la siguió. Y cuando ella tomó el barco, él no apareció.

«Bien», se dijo Susan. «Así es mejor. Una ruptura limpia y sin complicaciones».

Se obligó a darle la espalda a la isla y a mirar hacia el océano.

—Una ruptura limpia y sin complicaciones —musitó mientras se secaba una lágrima.

Jake se sentía traicionado. ¡Diablos! Él no era hombre que pudiese perseguir a una mujer. Susan había tomado aquella decisión por lo que quiera que fuese, y punto. El que fuese capaz de poner a un hombre de rodillas de un golpe no quería decir que fuese lo bastante fuerte para mantener un matrimonio.

Se pasó la mano por la cara por enésima vez, intentando deshacerse del recuerdo de la noche en que habían hecho el amor.

–Habría sido mejor que me dejase plantado en el altar como a los demás –murmuró.

Pasaron dos semanas. Dos tediosas y difíciles semanas. Intentó seguir adelante con su vida, pero todo lo que hacía, incluso a cualquier lugar al que iba en la isla, le recordaba a Susan. Sobre todo aquel afloramiento de rocas desde el que la había sacado del agua.

¡Y aquella condenada cama!

–¡Demonios! –masculló al acercarse al principio de la escalera. Había pasado un día más de trabajo y por fin era la hora de cenar. Pero no tenía hambre. Estaba enfadado... Bueno, no. Estaba furioso. ¿Por qué no podía quitarse a Susan de la cabeza?

La ironía de aquel amor le arañaba las entrañas. Durante un montón de años había llevado de luto el corazón por Tatiana y, sin darse cuenta, ese luto había terminado por convertirse en una costumbre. Su dolor por la pérdida de Tati se había transformado en una coraza, un lugar al que retirarse y en el que no tenía que luchar con el mundo real y las relaciones reales. Pero había estado ciego a todo eso hasta que Susan llegó a su vida y lo arrancó de esa fijación que debería haber purgado él solo hacía ya años. Y cuando por fin lo había comprendido, la perdía a ella.

Por el rabillo del ojo vio que uno de los empleados de la casa cambiaba de camino al verlo parado delante de la escalera.

–¿Pero qué demonios le pasa a todo el mundo últimamente? –rugió–. ¡Huyen como si estuviera apestado!

–Jake, hijo, será mejor que suavices ese temperamento, si no quieres terminar con una úlcera.

Jake no había reparado en que el doctor Fleet estaba en la puerta del salón.

–¿Y a qué se debe esta visita? No recuerdo haber llamado al médico.

La expresión del doctor le dejó claro que no era lo que se dice un entusiasta del sarcasmo.

–Me han invitado a cenar, pero si vas a hablarme así, me limitaré a evitarte como todo el mundo.

–¡A mí nadie me evita! –le espetó, frunciendo el ceño.

–¿Ah, no? –replicó el doctor, enarcando las cejas–. Entonces ¿qué hacía ese pinche de cocina cuando ha cambiado radicalmente de dirección nada más verte?

–¿Y cómo diablos voy a saberlo yo? Se habrá olvidado de algo.

Las cejas del doctor no se movieron, sino que siguieron mostrando una absoluta incredulidad.

–Es tu vida, hijo –contestó, frunciendo el ceño–. Vívela como quieras. Por favor, preséntale a George mis disculpas. Me temo que no voy a quedarme a cenar. Emma no ha querido venir. Dice que no puede verte así.

–¿Así cómo? –rugió, molesto porque lo trataran como a un crío rebelde–. Doctor, puede que esté usted en esta isla desde antes de que naciera yo, pero eso no le da derecho a...

–¡Exactamente así! –lo interrumpió Elmer–. Últimamente no haces más que rugir como un león. Incluso has superado el mal humor habitual de tu padre –parecía tener la intención de decir algo más, pero cambió de opinión–. En fin... hablar contigo es como hablarle a una pared.

Y dio media vuelta murmurando algo que Jake no captó.

—¿Qué?

El médico se dio la vuelta y lo miró muy serio.

—He dicho que una cosa es el mal humor, y otra muy distinta despachar a tu mujer de aquí porque no puede tener hijos. ¡Eso es despreciable!

La acusación de Elmer fue como una patada en el estómago.

—¿Qué ha dicho? —su tono estaba cargado de incredulidad—. ¿Se puede saber qué quiere decir con eso?

—¡Lo sabes perfectamente! —le espetó, enfadado.

—¡Yo no quería que se fuese! ¿De qué me está usted hablando?

—Pero yo creía que... —el doctor Fleet se acercó a él, preocupado—. Supongo que te lo habrá dicho. Yo creía que esa era la razón de que... —el pobre Elmer estaba arrepentido por haber traicionado la confianza de una paciente—. Como al parecer tu esposa no quería que lo supieras, tendrás que preguntárselo a ella.

Jake no estaba de humor para acertijos, así que lo enganchó por las solapas de la chaqueta.

—¡Ni lo sueñe, doctor!

CAPÍTULO 13

Sobre una ola de adrenalina, Jake llegó a Portland en tiempo récord. Entró como un huracán en la oficina de Susan, pero ella no estaba allí. Ed Sharp lo informó de que había aceptado un trabajo en California y que tomaba el avión aquella misma noche.

Jake llegó al aeropuerto cuando los pasajeros de ese vuelo ya habían empezado a embarcar.

–Tengo que subir a ese avión –le dijo a la azafata de la puerta de embarque.

La mujer pareció sorprenderse por su vehemencia.

–Por supuesto, señor. Solo necesito que me muestre su tarjeta de embarque.

–No tengo. Es que yo no voy a ninguna parte –se pasó una mano por el pelo–. Solo tengo que bajar a alguien de ese avión.

La azafata lo miró con desconfianza.

–Lo siento, señor. Nadie puede subir a bordo sin una tarjeta de embarque.

Jake apretó los dientes para no decir algo por lo que los servicio de seguridad lo echasen del aeropuerto.

–Solo será un minuto.

–Lo siento, señor –miró a un hombre que se había acercado a ellos–. ¿Sí?

–Estaba en lista de espera, pero me han nombrado por megafonía.

La azafata extendió la mano.

–¿Su tarjeta de embarque?

Jake no tenía intención de quedarse en tierra. Tenía que haber un modo de hacerlo. De pronto se quitó su anillo de esmeraldas y se lo colocó en la mano al hombre que tenía la codiciada tarjeta.

–Mire, amigo, este anillo vale seis mil dólares. Es suyo por esa tarjeta.

El pobre hombre miró el anillo, después a Jake y de nuevo el anillo. Unos segundos vitales pasaron en silencio y Jake se estaba quedando sin paciencia.

–Con lo que vale este anillo, podría fletar un avión para usted solo.

–Bueno...

El hombre dudaba.

–Es una esmeralda Merit –añadió–. Yo soy Jake Merit.

Oyó que alguien contenía la respiración y miró a la azafata.

–¡Es verdad! –exclamó, mirando al otro pasajero–. ¡Es Jake Merit! He visto su foto en las revistas.

La azafata y el pasajero miraron con los

ojos muy abiertos el anillo que el hombre tenía en la mano.

–Ya... claro... supongo que podría tomar otro avión...

–Perfecto –Jake le quitó la tarjeta de las manos y la puso en la de la atónita azafata–. Gracias.

Y salió corriendo por la rampa de acceso al avión.

Susan se abrochó el cinturón de seguridad sin mucho interés. Había tomado aquel avión para irse a vivir a una ciudad en la que nunca había estado, con gente a la que no conocía, a un trabajo que no quería... Todo ello para escapar de un hombre al que quería más que a su propia vida. Suspiró cansada, y el hombre que había sentado a su lado la miró. Menos mal que enseguida volvió con el periódico que estaba leyendo sin decir una palabra.

Apoyó la cabeza en el respaldo y cerró los ojos. Ojalá la rutina del trabajo llegase pronto. Necesitaba algo que la ayudase a huir de la desesperación y la soledad. Si es que eso existía.

–¿Señora Merit?

Susan dio un respingo y abrió los ojos de par en par. ¡Era la voz de Jake! Estaba plantado en la puerta que daba acceso a la clase turista que era en la que viajaba Susan, con las manos apoyadas en los asientos de a cada lado del pasillo como si no tuviera intención de dejar pasar a nadie. Estaba muy serio, apretaba los dientes y sus ojos verdes brillaban como esmeraldas. Dios, estaba magnífico.

—Estoy buscando a mi esposa... Susan Merit —dijo en voz alta, mirando hacia todas partes.

Cuando sus miradas se encontraron, ella sintió el impacto físicamente. Algo intenso y hermoso iluminó sus facciones y se dirigió inmediatamente hacia ella.

—¿Qué demonios estás haciendo, Susan?

Demasiado atónita para contestar, solo pudo mirarlo boquiabierta.

Pero Jake se agachó junto a ella y tomó su mano. Susan se sintió de pronto como en casa.

—Susan —susurró él—. Creía que éramos compañeros.

Tenía que recordar por qué lo había dejado. No podía permitírselo.

—Fue... fue una mala idea —dijo, y se soltó de su mano—. No funcionaría.

—Para mí, sí funcionaba —dijo con suavidad.

—¿De verdad? Un marido no tendría por qué obligarse a... a...

No podía continuar. Todo el avión los estaba mirando.

–Tenía que obligarme a no hacerlo, cariño –murmuró, brillándole los ojos por la emoción–. No quería que te sintieras... presionada, y me avergoncé de mi comportamiento aquella vez... cuando lloraste...

Aquella declaración la dejó de una pieza, pero no podía permitir que sus palabras la ablandaran. No podía darle hijos, y esa había sido la única razón por la que se había casado con ella. No había nada más que hablar.

–No lo entiendes.

En el silencio de la cabina, sus palabras parecieron reverberar.

Él tomó su cara entre las manos.

–Yo solo entiendo que te quiero, Susan –susurró, sin importarle al parecer que fuesen el centro de atención–. Te quiero, Susan –repitió–. Eso es todo lo que necesito entender.

Lágrimas de agonía llenaron sus ojos. Aquellas eran las palabras que había deseado oír durante tanto tiempo ¿Por qué tenían que llegar cuando era ya demasiado tarde?

–¡Por favor, vete! –gimió–. ¡No me obligues a hacerte daño!

–¿Cuánto daños más puedo soportar? –le preguntó con la voz rota por la emoción.

Una azafata se había acercado a ellos y parecía tener intención de hablar.

–Disculpe, señor –dijo, rozando el hombro de Jake–. Tendrá que sentarse. Vamos a despegar.

Él no le hizo el menor caso y siguió mirando a Susan.

–Yo no voy a ir a California, cariño –dijo, tomando su mano–. Y tú tampoco.

–No –murmuró ella, las lágrimas cayéndole por las mejillas. En ese instante se daba cuenta de que había sido un error huir. Había sido una cobardía, un gesto egoísta. Aquel espectáculo humillante era mil veces peor... para los dos–. Yo... no puedo darte lo que quieres, Jake. No puedo...

–¡Te quiero! –cortó él, besándola en los labios–. Podemos adoptar los hijos que queramos. Por favor, no me dejes –y volvió a rozar sus labios–. Quédate.

Susan se sentía flotando, mareada.

–¿Qué has dicho? –preguntó apenas sin voz.

Una sonrisa triste se dibujó en su cara.

–He dicho que podemos adoptar.

–¿Adoptar?

Él asintió.

–¿Lo sabes? –susurró, sin querer creérselo.

–Lo sé –le confirmó, secándole una lágrima y besando el lugar en el que había estado–. Por favor, ven a casa conmigo.

De pronto, como una presa que se rompe, su corazón se desbordó de alegría. Se sentía insustancial, deliciosamente feliz.

–Te... te quiero tanto, Jake –sonrió débilmente y deseó abrazarlo, pero sus brazos no tenían fuerza suficiente para moverse. Al parecer, aquella increíble experiencia había bloqueado una parte de su cerebro–. Pero... es que no sé por qué, pero no puedo moverme.

Él se echó a reír, le desabrochó el cinturón y la tomó en brazos.

–De eso, puedo ocuparme yo –sonrió–. ¿Cree usted que estará en condiciones de cenar en el bosque, señora Merit? –susurró en un tono deliciosamente provocador.

Ella le pasó los brazos alrededor del cuello y lo besó en la mejilla.

–Consultaré mi agenda.

Por primera vez en su vida, se sentía totalmente feliz, completa y amada, y acurrucándose en el puerto de los brazos de Jake, Susan salió del avión en los brazos de su esposo.

Cuando Susan y Jake volvieron a Merit Island, sus vidas dieron un giro hacia mejor.

Él había encontrado por fin lo que le faltaba en la vida: su maravillosa e indispensable Susan, quien con valor y sin aspavientos había rescatado el corazón que creía perdido para siempre.

Y siendo un marido devoto y considerado, se lo entregó a ella para siempre.